Le devoir d'un cheikh

CAROL MARINELLI

Le devoir d'un cheikh

Azur

HARLEQUIN

Collection : Azur

Cet ouvrage a été publié en langue anglaise
sous le titre :
MORE PRECIOUS THAN A CROWN

Traduction française de
EMMANUELLE DETAVERNIER

HARLEQUIN
83-85, boulevard Vincent-Auriol, 75646 PARIS CEDEX 13
Service Lectrices — Tél. : 01 45 82 47 47

www.harlequin.fr

ISBN 978-2-2803-4358-9 — ISSN 0993-4448

Prologue

— Quelqu'un a vu Trinity ?

Le cheikh Zahid, prince d'Ishla, ne put retenir un soupir. Depuis le temps qu'il connaissait les Foster, il s'était habitué à entendre Diane prononcer ces mots.

Cela faisait maintenant quatre ans qu'il les fréquentait, mais les choses étaient sur le point de changer. Il allait bientôt avoir vingt-deux ans et n'avait pas l'intention de remettre les pieds ici. C'était la dernière fois qu'il venait.

Les sourcils froncés, il s'avança dans les bois qui bordaient la propriété familiale. Des éclats de rire lui parvenaient depuis l'autre côté du lac, mais il les ignora.

Il n'attendait qu'une chose : l'arrivée de son chauffeur qui le ramènerait enfin à Ishla. Avec un peu de chance, l'homme serait en avance et mettrait un terme à son calvaire.

Inutile de le nier, il aurait préféré passer la soirée en compagnie d'une jolie femme, mais il n'avait pas eu le choix. Les Foster avaient décidé de fêter l'obtention de son diplôme en même temps que celle de leur fils.

Il n'avait pourtant jamais apprécié leur compagnie. Gus Foster était un politicien de la pire espèce. Son épouse, Diane, n'avait qu'un seul but dans la vie : épauler son mari en toutes circonstances. De nombreux scandales sur les relations extraconjugales de Gus avaient fait la une des journaux, mais sa femme les avait tous ignorés, un sourire aux lèvres.

Si Zahid s'était résigné à faire acte de présence une dernière fois, c'était uniquement pour Donald.

Il était l'un de ses seuls amis. Ils s'étaient rencontrés quand ils n'avaient que seize ans. A l'époque, ils étudiaient dans le même établissement. Lors d'une fouille des casiers, de la drogue et de l'argent avaient été trouvés dans celui de Zahid. Il avait juré que tout cela ne lui appartenait pas, mais le directeur de l'école avait aussitôt prévenu son père. En apprenant la nouvelle, le roi Fahid avait sauté dans son jet privé pour présenter des excuses au nom de son fils.

Comme il l'avait expliqué à Donald, la culture et la tradition étaient très différentes à Ishla. Il était censé s'excuser publiquement pour sa conduite déshonorante.

— Même si tu n'as rien fait ? avait demandé Donald.

— Ce sera au peuple de décider s'il me pardonne, avait-il répondu en acquiesçant.

La tête haute, il était entré dans le bureau du principal pour découvrir que ce n'était qu'un malentendu. Selon le directeur, Donald avait paniqué et caché l'argent et la drogue dans le casier de Zahid. Il serait bien entendu suspendu.

En sortant, ils avaient croisé Donald en compagnie de son père, Gus.

— Merci, avait dit le roi Fahid, d'être assez courageux pour admettre votre faute.

— Vous vous trompez, avait affirmé Gus. Mon fils ne se drogue pas. Il s'efforçait simplement d'aider un ami.

L'affaire ne s'était pas arrêtée là. Gus avait fait un discours au Parlement, déclarant que même les adolescents issus de familles aimantes et privilégiées pouvaient commettre des erreurs.

Les Foster avaient fait la une de la presse, Diane, un sourire artificiel aux lèvres et Gus, le bras passé autour des épaules de son fils. Trinity avait été la seule à refuser de jouer le jeu. Elle s'était contentée de poser devant les photographes dans sa plus jolie robe tout en leur adressant un regard féroce.

Malgré lui, Zahid sourit en repensant à la photo, mais

son expression changea rapidement en avisant une silhouette aux cheveux blonds.

Trinity !

— Ta mère te cherche, annonça-t-il en la rejoignant.

Elle était en train de cacher un sac de vêtements au pied d'un arbre et sursauta en entendant sa voix.

— Où étais-tu ?

Elle se tourna vers lui et il s'aperçut qu'elle portait du rouge à lèvres.

— Tu veux bien que je lui dise que j'étais avec toi ?

— Tu sais que je ne mens jamais.

— S'il te plaît, Zahid, le supplia-t-elle avant de soupirer.

C'était inutile. Zahid était bien trop sérieux et têtu. Il n'accepterait jamais de l'aider.

Résignée, elle passa à côté de lui, mais il la retint.

— Si tu veux que je te couvre, je dois savoir ce que tu faisais.

Surprise, Trinity le dévisagea un instant. Elle n'aurait jamais imaginé qu'il accepte.

— J'étais chez mon amie Suzanne.

— Et qu'avez-vous fait ?

— On a simplement…

— Quoi ?

— On a dansé, répondit-elle en haussant les épaules.

— Vous êtes allées à une fête ?

— Non ! On a simplement écouté de la musique et dansé dans sa chambre.

Il semblait si surpris qu'elle faillit éclater de rire. De toute évidence, Zahid ne comprenait pas les adolescentes !

— On s'est aussi maquillées et on a essayé plusieurs tenues, ajouta-t-elle.

— Pourquoi caches-tu ces vêtements ? s'enquit-il en passant en revue son jean et son haut à manches longues.

Ignorant quoi répondre, elle ferma un instant les yeux. Elle ne pouvait pas lui avouer que Suzanne avait proposé de lui prêter ses affaires parce qu'elle n'aimait pas la façon dont le nouveau mari de sa tante la regardait.

Comment pouvait-elle lui expliquer la situation alors qu'elle-même ne comprenait pas pourquoi Clive la mettait aussi mal à l'aise ? Elle refusait d'ailleurs de l'appeler « oncle Clive ». Il était présent à chaque réunion de famille et c'était à cause de lui qu'elle s'était enfuie pour se réfugier chez sa meilleure amie.

— Lors de ma dernière visite, je t'ai vue sortir par la fenêtre de ta chambre, reprit Zahid. Ce n'est pas drôle, dit-il comme elle esquissait un sourire.

— Je n'ai rien fait de mal.

— Je te crois, mais tu devrais assister aux soirées que tes parents organisent. Tu ne peux pas disparaître chaque fois.

— Je sais bien, rétorqua-t-elle d'un air contrit, mais son regard brillait de malice.

Sa réaction aurait dû le mettre en colère, mais c'était tout le contraire.

D'ordinaire, il était attaché aux règles et aux apparences, mais Trinity était tellement passionnée, fougueuse et sincère qu'il en oubliait ses principes. Bien entendu, il s'était toujours efforcé de cacher l'admiration qu'elle lui inspirait.

— Quelle est ton excuse ? demanda-t-elle soudain, l'arrachant à ses pensées.

— Je te demande pardon ?

— Pourquoi te caches-tu dans les bois ?

Elle éclata soudain de rire avant de poursuivre.

— Désolée, c'était une question stupide.

Comme il fronçait les sourcils, elle reprit :

— Je suppose que tu avais besoin de…

Elle s'interrompit comme si elle n'osait pas continuer et il manqua s'étrangler en comprenant enfin où elle voulait en venir. Elle croyait qu'il était venu se soulager dans les bois ! Où avait-elle été chercher une idée pareille ?

— De toute évidence, je me suis trompée, dit-elle en avisant l'expression de son visage.

Il planta son regard dans le sien.

— J'avais besoin de réfléchir.

Contrairement aux autres membres de la famille Foster, Trinity allait lui manquer. Elle arrivait toujours à le faire rire et ne semblait pas aussi obsédée par sa réputation que son père ou sa mère.

Comme il l'observait encore, il avisa soudain qu'elle avait changé depuis leur dernière rencontre. Ses cheveux blonds encadraient son visage délicat et mettaient ses yeux bleus en valeur. Elle était tout simplement magnifique…

— Si nous étions à Ishla, tu serais obligée de te mêler aux invités de tes parents.

— Mais nous ne sommes pas à Ishla, lui rappela-t-elle en se dirigeant vers la propriété.

Il la suivit et la rattrapa quand elle trébucha.

— Tu as bu ?

— Non.

— Tu en es sûre ? insista-t-il, peu convaincu.

— Je crois que je m'en souviendrais si c'était le cas.

Il la tourna vers lui et la prit par le menton. Ses pupilles étaient étrangement dilatées.

— Souffle, ordonna-t-il.

— Tu plaisantes ?

— Souffle…

Elle s'exécuta, mais elle ne sentait pas l'alcool.

— Qu'est-ce que tu mijotes, Trinity ? demanda-t-il doucement.

Il la tenait toujours, mais elle n'en avait cure. Zahid pouvait se montrer ennuyeux, sérieux et austère, mais il avait également un sens de l'humour très subtil.

Elle n'avait jamais compris pourquoi il avait autant de succès avec les femmes. Donald s'en plaignait souvent, affirmant que c'étaient son titre et son argent qui les attiraient, mais ce soir, elle n'en était plus aussi sûre.

Son visage avait une expression sévère et son regard sombre était intimidant, pourtant elle ne rêvait rien tant que de se presser contre lui pour lui offrir sa bouche.

Zahid ne la quittait pas des yeux. Trinity ressemblait à une chatte docile un instant, à une tigresse bondissant toutes griffes dehors l'instant d'après. Elle était aussi incroyablement séduisante.

— Tu veux que je recommence ? s'enquit-elle.

Il ouvrit la bouche pour répondre et elle en profita pour souffler. Malgré lui, il faillit perdre le contrôle de lui-même. Ils devaient retourner à la fête…

— Tu devrais te montrer plus prudente, la prévint-il. Ce n'est pas une bonne idée de se promener seule dans les bois.

— Je risque de rencontrer le prince charmant ?

— Tu ne sais pas sur qui tu pourrais tomber, rétorqua-t-il sans la lâcher.

Ses lèvres n'étaient qu'à quelques centimètres des siennes.

— Je suis tombée sur toi, dit-elle, et je veux que tu me donnes mon premier baiser.

Elle lui offrit sa bouche et il la prit, savourant la douceur de ses lèvres contre les siennes. Elles avaient un goût de cannelle qui manqua le rendre fou. Une vague de désir le submergea soudain, mais il s'efforça de l'ignorer.

Les hommes comme lui, les princes, ne pouvaient pas se laisser aller à ressentir de telles émotions avec de jeunes filles comme Trinity.

A regret, il s'écarta.

— Ce n'était pas ton premier baiser, affirma-t-il d'une voix rauque.

Jamais une femme n'avait eu un tel effet sur lui.

— C'était mon second, admit-elle. Je me suis entraînée avec Suzanne pour savoir ce que j'étais censée faire si ça m'arrivait un jour.

Pourtant, rien n'avait pu la préparer à ça. La bouche de Zahid contre la sienne et ses mains parcourant son corps avaient allumé un incendie en elle.

— Il faut que tu retournes à l'intérieur, lâcha-t-il d'un ton sec.

Nouant les bras autour de son cou, Trinity plongea ses

yeux dans les siens. Les mains de Zahid reposaient sur ses hanches, mais il n'allait pas tarder à s'écarter, elle le sentait. Elle refusait pourtant de le laisser partir.

Non, vraiment, elle n'avait aucune envie de retrouver sa famille et leurs invités. Au contraire. Elle voulait profiter de cet instant et passer plus de temps avec Zahid.

Comme il était trop grand et qu'il refusait de baisser la tête pour qu'elle puisse l'embrasser, elle posa les lèvres à la base de son cou et remonta lentement, appréciant son parfum exotique et viril.

Il fit mine de la repousser, mais ses doigts s'enfoncèrent dans sa chair quand elle le mordit délicatement. Il prit son menton dans sa main et l'observa avant de fondre sur sa bouche.

Trinity ne put retenir un gémissement quand la langue de Zahid se fraya un passage pour entamer une danse sensuelle avec la sienne. Non, vraiment, elle n'aurait jamais imaginé que Zahid, d'ordinaire si sérieux et distant, puisse s'abandonner ainsi à la passion.

Il posa la main dans son dos et elle se plaqua plus étroitement contre lui, appréciant la fermeté de son sexe contre son bas-ventre. Elle se mit sur la pointe des pieds pour lui permettre de se glisser entre ses cuisses, mais Zahid la repoussa.

— Ne t'arrête pas, souffla-t-elle en se lovant contre lui.

Une douce chaleur se répandait en elle et elle en voulait davantage. C'était comme si son corps s'était éveillé d'un long sommeil et il lui tardait de découvrir ce qui allait arriver ensuite.

— On ne peut pas faire ça, annonça Zahid en la repoussant doucement, mais fermement.

— Pourquoi ?

— Parce que…, déclara-t-il avant de s'interrompre.

En vérité, il n'avait aucune envie d'arrêter, mais il n'avait pas le choix.

— Parce que mon chauffeur va arriver pour me

ramener à Ishla et que tu mérites mieux que des ébats dans les bois.

— Emmène-moi dans ton palais, rétorqua-t-elle avec un sourire qui disparut rapidement. Il faut que je parte d'ici.

Zahid fronça les sourcils.

— Tu veux dire que tu…

Soudain, la voix de Diane retentit.

— Ah, tu es là ! l'interrompit Diane. Qu'est-ce que tu…

Zahid voulut s'écarter, mais Trinity s'accrocha à lui comme si sa vie en dépendait.

— Madame Foster, je suis désolé. J'étais…

— Oh ! c'est toi, Zahid. Ne t'en fais pas, ajouta-t-elle en lui adressant un sourire. Ton chauffeur est arrivé. Quant à toi, reprit-elle en se tournant vers Trinity, il faut que tu viennes saluer nos invités.

Ils se dirigèrent vers la maison et Zahid en profita pour réfléchir à ce qui venait d'arriver.

Diane aurait dû se mettre en colère en découvrant sa fille dans les bras d'un ami de son fils au lieu de faire comme s'il ne s'était rien passé.

— Clive et Elaine dorment ici. Trinity, je veux que tu prépares la chambre d'amis.

Trinity acquiesça et Zahid poussa un soupir de soulagement en apercevant son chauffeur. L'homme le salua et lui expliqua qu'il devait partir sans tarder s'il ne voulait pas rater son vol.

Il fit ses adieux à la hâte et s'apprêtait à tourner les talons quand Trinity lui prit la main. Elle avait les larmes aux yeux.

— Tu te souviens quand j'ai dit que tu devais me ramener avec toi ? Tu penses que tu pourrais… ?

Zahid jura intérieurement. Quel idiot ! Trinity se méprenait sur ses intentions. Il n'aurait jamais dû l'embrasser. Heureusement que Diane les avait interrompus.

— Je dois m'en aller, Trinity, rétorqua-t-il d'un ton sec.

Il fallait qu'elle comprenne que ce n'était qu'un baiser.

Hochant la tête, elle le relâcha et il rejoignit son véhicule.

Zahid s'installa sur le siège arrière et la voiture démarra.

Il lui tardait de retourner à Ishla et d'oublier Trinity et le baiser qu'ils avaient échangé, une bonne fois pour toutes.

1.

Le roi et son fils parcouraient les couloirs du second palais d'Ishla en étudiant le mobilier d'un œil critique. Certains aménagements étaient indispensables pour le confort des futurs occupants.

Abdul, l'assistant personnel du roi, les accompagnait pour prendre des notes et discuter de l'emploi du temps des différents membres de la famille royale.

Comme il mentionnait l'invitation des Foster, Zahid ordonna :

— Refusez !

Il n'avait jamais apprécié les Foster. Ils étaient orgueilleux, impulsifs et ne reculaient devant rien pour obtenir ce qu'ils voulaient. Il s'était toujours senti mal à l'aise en leur présence et s'était efforcé de prendre ses distances malgré les efforts de Donald pour le relancer.

— Donald vous a demandé d'être son témoin, rétorqua Abdul.

Zahid serra les dents. Il avait préféré taire à son père que Donald l'avait appelé une semaine plus tôt pour l'inviter à son mariage avec Yvette. Bien entendu, il avait refusé, prétextant un emploi du temps surchargé. Il avait présenté ses excuses et l'avait remercié d'avoir pensé à lui, en espérant que l'affaire en resterait là.

Malheureusement, il semblait que Donald ait décidé d'insister, car il avait envoyé une invitation officielle au palais.

— Je lui ai déjà dit que je ne pourrais pas assister à son mariage, expliqua-t-il à Abdul. Fais envoyer un cadeau…

— Donald Foster ? l'interrompit le roi en se tournant vers son fils.

Zahid jura intérieurement. Si seulement Abdul n'avait pas insisté pour discuter de ses futurs engagements en présence de son père ! Il avait espéré régler la question sans le mettre au courant.

— Nous parlons bien de l'homme qui a sauvé notre famille du scandale ?

— C'était il y a longtemps, père.

— Notre pays n'oublie jamais, déclara-t-il. Tu as une dette envers lui.

— Je l'ai remboursée… à de nombreuses reprises.

C'était la vérité. Il s'était efforcé de garder le contact avec Donald malgré son désir de prendre ses distances avec sa famille. Il était également intervenu pour permettre à Donald d'obtenir des entretiens d'embauche dans des compagnies prestigieuses. Sans compter qu'il lui avait prêté de l'argent en de multiples occasions.

— Sans Donald, répliqua le roi, tu aurais connu le déshonneur. Pire, tu aurais déshonoré le pays tout entier. Quand le mariage aura-t-il lieu ?

— Dans deux semaines, précisa Abdul avant de se tourner vers Zahid. Je peux réorganiser votre emploi du temps.

— La cérémonie a été préparée dans l'urgence. Je ne serais pas surpris qu'un baptême suive rapidement, fit-il remarquer.

Le roi se contenta de secouer la tête.

— Je comprendrais très bien que tu refuses d'assister au baptême d'un enfant conçu hors des liens sacrés du mariage. Ce serait en contradiction totale avec nos croyances, mais en ce qui concerne le mariage…

Zahid soupira. Il n'avait pas le choix.

— C'est entendu, j'irai, mais je ne resterai que deux

ou trois jours au maximum. Abdul, tu organiseras mon voyage de retour.

— Si seulement tu te montrais aussi conciliant pour des problèmes plus sérieux ! commenta Fahid.

Zahid serra les poings. Son père n'avait pas besoin d'en dire plus.

— Nous devons discuter des futures rénovations, poursuivit-il.

Sans un mot, Zahid le suivit dans le second joyau d'Ishla. C'était entre ces murs qu'il avait grandi avec sa petite sœur Layla. Ils n'avaient que sept ans quand leur mère, Annan, était morte. Son décès avait anéanti leur père, mais ce palais, moins imposant et surtout plus intime que le palais officiel, lui avait permis de pleurer sa femme en toute discrétion.

Ce n'était pas un hasard si Fahid l'avait amené ici. Cela faisait des années qu'il l'encourageait à se choisir une épouse. Zahid avait toujours refusé.

Il appréciait sa liberté et n'avait aucune envie de se marier, même s'il n'avait pas le choix. En tant que prince et membre de la famille royale, son devoir lui imposait de fonder une famille.

Un jour, il serait amené à succéder à son père à la tête du royaume. Il s'investissait d'ailleurs de plus en plus dans la gestion d'Ishla, mais ce n'était pas suffisant pour Fahid. Il cherchait à lui faire comprendre que le temps pressait.

— Il y a beaucoup à faire, affirma Abdul. L'architecte s'inquiète de l'érosion de la falaise, et le grand hall et la suite royale doivent être complètement refaits.

— Combien de temps dureront les travaux ?

— Entre six mois et un an, répondit Abdul.

Ils ne commenceraient d'ailleurs pas tout de suite. Il fallait d'abord faire une liste des centaines d'objets décorant le palais avant de les emballer et de les remiser quelque part.

— Tu réalises que dès que les travaux commenceront,

la population pensera que nous préparons la résidence du prince et de son épouse ? s'enquit le roi.

— J'en suis parfaitement conscient, rétorqua Zahid.

— Tu penses pouvoir prendre une décision dans ces délais ?

Irrité, Zahid croisa le regard de son père qui finit par baisser les yeux. Il serait bientôt roi et n'avait pas l'intention de se laisser dicter sa conduite… par qui que ce soit.

— Je crois qu'il serait prématuré de se lancer dans de telles rénovations.

— Cette nation a besoin d'un prince prêt à…

— Elle a un prince, le coupa Zahid. Un jour, je monterai sur le trône et je m'efforcerai d'être un roi juste et sage. Je n'ai pas besoin d'une épouse pour rassurer la population, ajouta-t-il d'un air sévère.

— Tu dois avoir un héritier, contra son père. Il faut quelqu'un pour te succéder. S'il t'arrivait quelque chose, reprit-il, ce serait au fils de Layla de te succéder. Si le prince refuse de se marier, un autre mariage royal pourrait peut-être apaiser le peuple.

— Père, commença Zahid en s'efforçant de s'adresser à l'homme qui adorait sa fille et non au monarque d'Ishla, Layla n'aime pas ses prétendants.

— Layla doit comprendre que certains privilèges impliquent des responsabilités. Je pensais justement inviter les Fayed à dîner la semaine prochaine.

L'image de Layla hurlant et se débattant quand son père l'avait forcée à rencontrer Hassain s'imposa soudain à son esprit. Layla était une vraie rebelle. Elle lui rappelait étrangement Trinity. Elle non plus n'accepterait jamais un mariage arrangé…

— Tu ne la forcerais jamais à se marier contre sa volonté, affirma-t-il.

Fahid demanda à Abdul de les laisser et attendit qu'il se soit éloigné pour répondre.

— Il y a des articles dans la presse affirmant que j'ai perdu du poids. La semaine dernière, des journalistes ont annoncé que j'avais été hospitalisé durant mon séjour à l'étranger, expliqua-t-il. Bientôt, je ne serai plus en mesure de quitter Ishla pour me faire soigner et le peuple apprendra que je n'en ai plus pour longtemps à vivre. Il faut qu'ils sachent que l'avenir du pays est assuré.

Zahid faillit poser la main sur son épaule, mais renonça. A Ishla, les sentiments n'étaient jamais exprimés ouvertement entre hommes et encore moins entre membres de la famille royale.

Pour autant, il refusait de considérer Layla comme un simple pion sur l'échiquier politique. Il s'était toujours occupé d'elle et était extrêmement protecteur à son égard. Elle ignorait pourquoi il veillait autant sur elle, car la mort de la reine était un sujet tabou à Ishla, mais peu importait.

Layla était encore jeune et naïve et croyait toujours à l'amour. Vraiment, elle méritait mieux, et il avait bien l'intention de la rendre heureuse. Les choses allaient changer quand il monterait sur le trône…

— Je veux annoncer un mariage royal, insista Fahid. Je veux entendre les vivats de la foule quand tu apparaîtras au balcon avec l'épouse que tu auras choisie.

— Choisie ? répéta Zahid.

Comme s'il avait le choix ! Malgré tous les dîners et les soirées auxquels il devrait assister pour rencontrer sa future femme, il finirait immanquablement par sélectionner la princesse Sameena de Bishram afin d'effacer l'affront fait à sa famille des années plus tôt, quand Fahid avait refusé la main de la princesse Raina, sa mère.

Il avait été assez stupide pour écouter son cœur au lieu de sa raison, mais Zahid ne commettrait pas la même erreur. Comme le lui rappelait souvent son père, son mariage avec Sameena permettrait d'améliorer les relations entre Ishla et Bishram.

Pour autant, Zahid avait une autre candidate en tête : la princesse Sheikha Kumu. Son royaume était plus petit que celui de Bishram, mais il était prospère et disposait en outre d'une grande armée.

C'était une décision importante qu'il avait bien l'intention de prendre seul après y avoir longuement réfléchi.

— N'invite pas les Fayed, demanda-t-il. Tu as raison. Le peuple a attendu longtemps que son prince trouve une épouse. Six mois me suffiront largement pour me faire à cette idée.

— J'en suis ravi, rétorqua le roi. Abdul !

Le conseiller les rejoignit.

— Fais le nécessaire pour commencer les travaux, poursuivit Fahid avec un sourire. Et envoie des invitations aux familles royales et à leurs filles.

Sur ces mots, il traversa la suite royale. Un serviteur ouvrit le volet et le soleil entra dans les pièces, ses rayons illuminant le grand lit en bois.

Ces appartements les accueilleraient, lui et son épouse, jusqu'à la mort du roi. Ils emménageraient alors dans le palais principal où il régnerait sur ce pays qu'il aimait tant.

Zahid soupira. Il lui restait moins de six mois pour profiter de son célibat. Dès qu'il aurait choisi son épouse, sa réputation de play-boy appartiendrait au passé. C'était une perspective déprimante et légèrement inquiétante.

Tournant les talons, il se réfugia dans son bureau.

Comme il préparait son voyage à Londres, sa sœur vint lui parler.

— Père m'a dit que les travaux allaient bientôt commencer.

— C'est le cas.

— Tu as déjà arrêté ton choix ?

Zahid resta silencieux, mais Layla ne se laissa pas décourager aussi facilement.

— Pourquoi pas Sheikha Kumu ? proposa-t-elle. Elle a de nombreuses relations et elle est très jolie. Ou peut-être la princesse Sameena ? Elle est si belle…

— Le physique n'a rien à voir là-dedans, la coupa-t-il. Je choisirai celle qui servira au mieux notre peuple, celle qui comprendra que mon cœur appartient à mes sujets.

Layla leva les yeux au ciel.

— Je suis certaine que le physique a son importance quand tu prends une maîtresse.

— Layla !

— Pourquoi les femmes ne peuvent-elles pas voyager ? s'enquit-elle en ignorant son regard courroucé. Tu as quitté Ishla pour aller étudier.

— Tu sais parfaitement pourquoi.

— Ce n'est pas juste, affirma-t-elle en pinçant les lèvres. Tu as eu l'occasion de prendre du bon temps avant de te marier. Père recommence à parler des Fayed. Je n'ai aucune envie que Hassain soit mon premier amour, conclut-elle avec une grimace.

Malgré lui, Zahid esquissa un sourire. Il ne rêvait rien tant que de rassurer Layla en lui expliquant que les choses seraient différentes quand il serait roi, mais c'était encore trop tôt.

— Je veux savoir ce qu'on ressent quand on tombe amoureux ! soupira-t-elle.

Zahid ne partageait pas son avis. Non, vraiment, il n'y avait rien de pire que de laisser ses sentiments dicter sa conduite. Il ne pouvait imaginer un mariage d'amour.

Comme il étudiait le visage de sa sœur, des souvenirs de son père pleurant sa mère s'imposèrent à son esprit. Layla n'avait même pas un an à l'époque. Elle ne se souvenait de rien et c'était aussi bien. Il valait mieux qu'elle ignore combien leur père l'avait rejetée et combien il l'avait blâmée pour la mort de sa femme. Elle ne devait jamais le savoir.

— Layla, les travaux ont débuté en vue de mon prochain mariage. Tu n'as pas à t'inquiéter.

— Je ne peux pas m'en empêcher. Je peux t'accompagner en Angleterre ? demanda-t-elle. J'adorerais découvrir le pays et aller à une cérémonie anglaise.

— Layla, tu sais aussi bien que moi que tu ne peux pas voyager tant que tu n'es pas mariée.

— Ce n'est pas vrai, répliqua-t-elle en relevant le

menton. Je peux voyager avec un membre de la famille royale. Je pourrais donc venir avec toi.

— Je ne peux pas t'emmener, affirma-t-il sèchement.

Il aurait déjà assez à faire à jouer les témoins sans devoir en plus s'occuper de Layla. Les Foster avaient un mode de vie dépravé et il était hors de question de les laisser s'approcher de sa jeune sœur. Sans compter qu'ils s'attendaient sans doute à ce qu'il surveille Trinity durant la cérémonie.

Il avait fait quelques recherches sur Internet et avait failli appeler Donald pour se décommander en découvrant les photos de la jeune femme. Après avoir terminé ses études ou, plutôt, à la fin de sa cure de désintoxication — comme le lui avait expliqué Donald —, Trinity avait complètement déraillé. Il y avait de nombreux clichés d'elle éméchée en boîte de nuit ou à des soirées.

Elle avait fini par se calmer et vivait à présent en Californie. Apparemment, elle ne voyait sa famille qu'en de rares occasions, comme le mariage de son frère.

Sa curiosité vis-à-vis de Trinity le surprenait. Il se souvenait à peine de ses anciennes maîtresses et, pourtant, le baiser qu'ils avaient échangé il y a si longtemps était resté gravé dans son esprit.

Secouant la tête, il s'efforça de se concentrer sur la conversation.

— Je pourrai t'accompagner pendant ta lune de miel ? insista Layla.

— Je serai plutôt occupé.

— Je ne parlais pas du désert, répliqua-t-elle en éclatant de rire, mais d'après, quand tu voyageras. Je pourrai venir ?

Ce n'était pas une demande inhabituelle. Les sœurs des mariés suivaient souvent le couple pour tenir compagnie à la nouvelle épouse.

— Tu n'aimeras peut-être pas ma femme, rétorqua-t-il.

— Tu ne l'aimeras peut-être pas toi-même, ironisa Layla. Je l'occuperai et je t'éviterai ainsi de faire du shopping ou de déjeuner avec elle.

— Nous verrons.

— Promets-moi que tu m'emmèneras, le supplia-t-elle. J'ai besoin d'un projet.

— Qu'est-ce que tu prépares ? demanda-t-il en plissant les yeux.

— Rien du tout ! Je m'ennuie et j'ai besoin d'avoir des perspectives, de pouvoir rêver à l'avenir. Il faut que j'y aille, dit-elle en consultant sa montre. Mes élèves m'attendent.

— Vas-y, alors…

Mais elle ne bougea pas.

— Comment puis-je leur parler du monde alors que je n'ai jamais quitté Ishla ?

Zahid l'observa un instant avant d'acquiescer. Elle n'avait pas tort.

— Très bien, tu pourras nous accompagner quand nous partirons en lune de miel.

De toute façon, ça n'avait aucune importance. L'amour ne faisait pas partie du contrat. C'était d'ailleurs la seule raison qui l'avait poussé à accepter de se choisir une épouse.

2.

— C'est peut-être un nuage de cendres ? murmura Trinity en découvrant que son vol était retardé.

Avec un peu de chance, il était énorme et ne se résorberait pas avant des jours. A moins que les bagagistes ne décident de se mettre en grève…

Elle avait longuement prié pour un miracle, une catastrophe naturelle qui ne ferait pas de victimes, mais lui permettrait d'échapper au mariage de Donald. Sa mère serait forcée de faire un discours expliquant que la demoiselle d'honneur, qui avait fait de son mieux pour être présente, était coincée à l'aéroport. Elle pouvait presque se la représenter, s'excusant en son nom…

Le signal « retardé » changea soudain en « embarquement » et son cœur rata un battement.

Elle se plaça en bout de file et continua à espérer comme celle-ci se réduisait et qu'elle pénétrait dans l'appareil. Tout n'était pas encore perdu. Peut-être une mouette allait-elle se faire aspirer par un réacteur et provoquer une explosion ?

Tout était bon pour échapper à sa famille, à sa tante et surtout à l'horrible mari de celle-ci !

Quand Donald avait appelé pour lui annoncer son mariage avec Yvette, elle l'avait félicité en lui promettant de venir tout en s'efforçant d'ignorer ses crampes d'estomac.

Mais elle s'était précipitée aux toilettes à l'instant où Donald avait raccroché…

Une jeune femme s'installa à son côté, un bébé agité dans les bras, et Trinity ne put retenir une grimace. L'enfant semblait sur le point de fondre en larmes ou de se mettre à hurler. Pourquoi n'avait-elle pas utilisé l'argent envoyé par son père pour réserver un siège en classe affaires ?

L'avion décolla sans problème et le capitaine annonça qu'il ferait de son mieux pour rattraper leur retard.

Trinity soupira. Si seulement elle pouvait en faire autant ! Si seulement il lui suffisait de pousser quelques boutons et de suivre le sens du vent pour effacer ces dernières années…

Le diplôme d'histoire en arts anciens qu'elle avait obtenu grâce à sa seule détermination ne lui avait jamais été d'aucune utilité.

Après ses études, elle avait fréquenté des clubs et des bars dans l'espoir d'oublier sa douleur et son chagrin, sans succès. Elle avait fini par se réfugier en Californie, mais ni le reiki ni la méditation ou le bruit des vagues du Pacifique n'avaient pu remplacer ce qu'elle avait perdu.

Sa dernière tentative pour vaincre sa peur des relations sexuelles était un stage qui lui avait coûté deux mille dollars et s'était révélé parfaitement inutile. Le seul point positif était qu'elle savait à présent que ni le chocolat ni la pensée positive ne lui permettraient de venir à bout de ses problèmes.

S'aimait-elle ? Oui, la plupart du temps. Elle détestait simplement qu'on la touche.

L'hôtesse vint servir le repas, mais Trinity se contenta de picorer sans toucher à son verre de vin. Contrairement à ce qu'affirmaient les journaux, elle ne buvait jamais, sauf aux réunions de famille… comme celle qui l'attendait.

S'efforçant de penser à autre chose, Trinity essaya de se détendre, sans succès. Le petit Harry ne cessait de lui toucher les joues.

— Je suis désolée, s'excusa sa mère pour la millième fois.

— Ce n'est pas grave.

Se tournant vers le hublot, elle tenta de dormir, mais le sommeil semblait décidé à la fuir. Irritée, elle se laissa bercer par le ronronnement des moteurs comme l'image de Zahid s'imposait à son esprit.

Elle ne l'avait pas vu depuis cette fameuse nuit où il l'avait embrassée, dix ans plus tôt. Il avait sûrement changé… et l'avait probablement oubliée.

Fermant les yeux, elle se rappela la fermeté de ses bras et la douceur de ses lèvres contre les siennes. Hélas, le souvenir de ce qui s'était passé ensuite lui revint soudain et elle ouvrit brutalement les yeux, le cœur battant. Pourquoi ne pouvait-elle échapper à son passé ne serait-ce qu'un instant ?

Nerveuse, elle se mit à faire les cent pas dans l'espoir de se calmer. Sa mère avait peut-être décidé de ne pas inviter Clive et Elaine, et son père ou son frère allaient peut-être enfin la défendre…

Jusqu'à présent, ils avaient gardé le silence. On ne lavait pas son linge sale en public. D'autant que Clive était un homme influent, bien plus influent que son père. Ça ne servait à rien de causer un scandale. Il valait mieux se contenter de sourire et de faire bonne figure devant les caméras.

Quand l'hôtesse se présenta avec le chariot du petit déjeuner, le cœur de Trinity se mit à battre la chamade. Le jour du mariage était arrivé.

Elle regagna son siège en s'efforçant de prendre le contrôle de ses émotions.

— Vous voulez bien le garder une minute ? demanda sa voisine en lui tendant le petit Harry. Je dois aller aux toilettes.

— Bien sûr.

Trinity prit le bébé et l'installa sur ses genoux. Il se mit aussitôt à pousser des hurlements et elle ne put retenir un sourire.

— Calme-toi, Harry, murmura-t-elle.

Ça devait être merveilleux de se laisser aller de cette façon et de crier toute sa rage et sa douleur.

L'attirant contre elle, elle le berça doucement. Elle n'avait pas l'habitude des bébés. Sa famille vivait en Angleterre et ses amis de Los Angeles n'avaient pas d'enfants.

Malgré elle, elle eut soudain les larmes aux yeux. « Reprends-toi ! », s'ordonna-t-elle. Sa réaction était ridicule. Harry était un bébé en pleine santé, contrairement à…

Comme elle laissait échapper un sanglot, Harry se tut pour l'observer, et tendit sa petite main pour lui essuyer les joues.

— Ce n'est rien, je vais bien, le rassura-t-elle en séchant ses larmes.

Elle n'avait pas d'autre choix. C'était simplement que son bébé lui manquait, sa petite fille partie trop tôt…

— Merci beaucoup, dit sa voisine en regagnant son siège.

Trinity acquiesça d'un air absent. La panique enflait en elle, menaçant de tout emporter sur son passage.

Elle devait se ressaisir, sous peine de ne pas pouvoir assister à la cérémonie.

D'une main fébrile, elle pressa le bouton d'appel.

— Le petit déjeuner sera servi dans un instant, annonça le steward.

— Je voudrais un grand verre de bourbon, s'il vous plaît.

Quelques minutes plus tard, il revint avec deux petites bouteilles de bourbon, un large sourire aux lèvres.

De toute évidence, il la prenait pour une alcoolique, mais elle s'en fichait. Ainsi, elle aurait au moins le courage de descendre de l'avion.

— Bon sang ! Où est Trinity ? demanda Donald en raccrochant. Yvette est au bord de la crise de nerfs…

Zahid soupira. Comme quoi, rien ne changeait vraiment.

La soirée de la veille lui avait suffi pour se rappeler pourquoi il fréquentait si peu les Foster. Gus avait longuement insisté pour qu'il prolonge sa visite ou revienne les voir plus tard dans l'année, et il avait été forcé d'avouer que son mariage imminent le retiendrait à Ishla. Et à présent, Trinity avait disparu ! C'était comme autrefois…

— Pourquoi je n'appellerais pas Diane pour savoir si elle a du nouveau ? proposa-t-il en composant son numéro.

Calmer les inquiétudes du futur marié faisait partie de ses devoirs en tant que témoin. D'autant que Donald ne lui avait jamais paru aussi nerveux.

— Ta mère est à l'aéroport, annonça-t-il après un instant. L'avion de Trinity vient d'atterrir. Elle doit encore passer la douane. Ta mère va l'emmener à l'hôtel et l'aider à se préparer. Appelle Yvette et dis-lui qu'elle n'a pas à s'inquiéter, ajouta-t-il avec un sourire rassurant.

— On ne peut pas faire autrement quand Trinity est là, rétorqua-t-il avec colère. J'espère qu'elle n'a pas bu.

Zahid l'entendit à peine. Il ne songeait qu'à Trinity. Il allait enfin la revoir, après toutes ces années…

Ils avaient failli se croiser à de nombreuses occasions, mais le destin semblait prendre un malin plaisir à empêcher leur rencontre. En apprenant qu'elle était en retard, il avait redouté de la rater une fois de plus. Mais Diane avait su la rassurer : Trinity était en route.

Il fronça les sourcils comme une idée lui traversait l'esprit. Trinity n'était peut-être pas venue seule. Pour une raison inconnue, cette perspective lui déplaisait au plus haut point.

Enfin, il n'y avait pas de quoi s'inquiéter. C'était probablement son dernier week-end en Angleterre en tant que célibataire. Il était normal qu'il souhaite profiter de ses retrouvailles avec Trinity pour terminer ce qu'ils avaient commencé des années plus tôt.

Sans attendre ses bagages, Trinity passa rapidement la douane et parcourut la foule du regard. Malgré tout ce qui s'était passé, elle avait envie de revoir sa mère. Peut-être les choses seraient-elles différentes cette fois, peut-être qu'elle comprendrait à quel point la journée allait être difficile pour elle…

Le cœur battant, elle avisa enfin une femme en tenue

élégante. Sans perdre une seconde, elle se précipita dans ses bras.

— Je suis désolée, souffla-t-elle.

— Est-ce que tu as bu ? demanda Diane en étudiant son visage.

— J'ai pris un bourbon, avoua-t-elle.

— Ici, on appelle ça du whisky, la corrigea sa mère. Mais bon sang, où étais-tu ?

— Le vol a été retardé.

— Tes excuses ne m'intéressent pas.

La prenant par le bras, sa mère l'entraîna à l'extérieur pour héler un taxi.

— Yvette est en larmes. Elle voulait que sa sœur soit sa demoiselle d'honneur et toi, tu nous ridiculises. Comment peux-tu être aussi…

Visiblement furieuse, elle s'interrompit, incapable de continuer, et Trinity préféra garder le silence.

C'étaient ses parents qui avaient réussi à convaincre les membres de la famille d'Yvette de laisser Trinity jouer les demoiselles d'honneur. D'abord hésitants, ils avaient fini par accepter quand les Foster avaient proposé de payer les factures.

— J'ai dit à Yvette que tu chanterais à la fin de la soirée.

— Tu as fait quoi ?

— Tu as une jolie voix.

— C'est faux, rétorqua-t-elle, irritée.

Comment sa mère pouvait-elle lui demander une chose pareille ?

— Maman, s'il te plaît, reprit-elle plus doucement, je n'ai pas envie de chanter. Je veux juste…

Me cacher, voilà ce qu'elle avait envie de dire.

— Quand repars-tu ?

— Demain après-midi.

— Tu ne restes pas longtemps, fit-elle remarquer d'un ton lourd de reproches.

— J'ai un entretien d'embauche la semaine prochaine.

— Si tu acceptais l'aide de ton père, tu ne serais pas au chômage.

— Je ne suis pas au chômage, rétorqua-t-elle avec colère.

Elle était barmaid et gagnait bien sa vie, mais Diane ne partageait pas son enthousiasme pour cet emploi.

— Si quelqu'un te pose la question, tu n'auras qu'à dire que tu travailles dans un musée.

— Tu veux que je mente ?

— Bien sûr que oui. Nous ne t'avons pas payé des études d'histoire de l'art pour que tu travailles dans un bar.

— Des études d'histoire en arts anciens, rectifia-t-elle. Dans quel musée ai-je donc été engagée ?

Diane rougit avant de secouer la tête.

— Très bien. Nous dirons que tu travailles pour la bibliothèque d'une prestigieuse université.

Trinity retint un soupir. Rien n'avait changé. Les apparences primaient toujours la vérité.

Elles prirent un taxi et rejoignirent l'hôtel et la minuscule chambre qui lui avait été réservée.

Sans perdre une seconde, Trinity se doucha et laissa sa mère la coiffer avant de se maquiller en vitesse.

Son humeur s'assombrit davantage quand sa mère ouvrit la housse contenant sa tenue pour la cérémonie. C'était une horrible robe bleue.

— Tu plaisantes ? s'enquit-elle en écarquillant les yeux. Le tissu est tellement brillant que je vais avoir besoin de lunettes de soleil pour la porter.

— Ton avis aurait été pris en compte si tu t'étais présentée aux différents essayages, rétorqua-t-elle en s'efforçant de remonter la fermeture Eclair. Tu as pris du poids ! l'accusa-t-elle comme celle-ci restait coincée.

— Non. Je t'ai donné mes mensurations.

— Alors pourquoi je n'arrive pas à la fermer ?

Parce que tu refuses de croire que je pèse cinq kilos de plus ! faillit-elle répondre avant de changer d'avis. C'était inutile. Sa mère ne l'écoutait jamais.

Diane tira violemment sur la fermeture Eclair et Trinity manqua suffoquer.

— Respirer est en option ? ironisa-t-elle.

— Oui, mais sourire est une obligation, rétorqua sèchement sa mère. C'est la journée de ton frère, ne l'oublie pas.

— Je croyais que c'était celle d'Yvette !

— Trinity, ne commence pas ! la prévint Diane avec colère.

— Je ne commence rien du tout. Je disais juste que…

— Ça suffit ! coupa-t-elle. Tu as déjà fait de ton mieux pour gâcher la fête. Contente-toi de sourire. Tu crois que tu y arriveras ?

— Oui, mais je ne chanterai pas, ajouta-t-elle en relevant le menton en un geste de défi.

— Je ne veux plus rien entendre, dit sa mère en mettant son chapeau. Va présenter tes excuses à Yvette. On se retrouve à l'église. Sache que je ne tolérerai aucun…

— J'ai compris, l'interrompit Trinity.

— Je suis sérieuse. Il est hors de question que tu fasses une scène.

Trinity inspira profondément pour se calmer. Il aurait mieux valu qu'elle se contente de hocher la tête et de rassurer sa mère, mais elle en était incapable. Elle avait quelque chose à dire, quoi qu'en pensent ses parents… et il était temps qu'ils le sachent.

— Dans ce cas, ne me mets pas dans une position où je serais forcée d'en faire une, rétorqua-t-elle d'un ton sec.

A ces mots, Diane serra les lèvres en lui adressant un regard féroce, mais Trinity refusa de baisser les yeux.

— Quand vas-tu enfin comprendre que…

Elle s'interrompit et se rapprocha pour s'arrêter à quelques centimètres de son visage.

— C'est le mariage de ton frère, souffla-t-elle. Pourrais-tu pour une fois penser à notre famille et non à toi ?

— Sans problème, mais assure-toi que ce sale type garde ses distances, ajouta-t-elle d'une voix tremblante.

— Tu ne vas pas recommencer avec ça ? C'était il y a des années et…

Trinity ne l'écoutait plus. Comment avait-elle été assez stupide pour croire que les choses seraient différentes cette fois ? Il était temps de voir la réalité en face : rien ne changerait jamais.

— Je veux que tu arrêtes ces enfantillages et que tu te montres polie avec nos invités, reprit-elle d'un air sérieux. Et n'oublie pas de sourire, ajouta-t-elle en consultant son portable.

— Qu'est-ce que tu fais ? s'enquit Trinity comme sa mère s'efforçait de taper sur les touches. Je peux m'en charger si tu veux.

— C'est fait, dit-elle en glissant son téléphone dans son sac. Je voulais simplement prévenir Zahid que tu allais voir Yvette et que tout était en ordre.

Elle tourna les talons et Trinity la regarda s'éloigner, un sourire aux lèvres.

Zahid…

3.

Zahid se tourna vers les grandes portes quand la mariée entra dans l'église, mais son attention fut immédiatement attirée par la jeune femme qui la suivait.

Trinity, souriante, marchait d'un pas solennel, mais son regard semblait aussi méfiant et belliqueux qu'autrefois.

Comme il plongeait ses yeux dans les siens, elle rougit et parut un instant oublier son rôle. Elle le dévisagea avec attention, donnant l'impression de vouloir le rejoindre au lieu de jouer les demoiselles d'honneur.

Malgré lui, Zahid sourit. De toute évidence, Trinity était ravie de le revoir. Tant mieux…

Yvette lui tendit son bouquet et il se força à se concentrer sur les paroles du prêtre.

La cérémonie était plus courte que celles organisées à Ishla, mais elle lui semblait pourtant interminable. Il ne rêvait rien tant que de se tourner vers Trinity pour l'observer plus longuement.

Sa robe était horrible et bien trop moulante à son goût. Les violettes qui ornaient sa chevelure rappelaient la couleur des cernes sombres, sous ses yeux.

Malgré tout, elle était belle à couper le souffle. Ses cheveux blondis par le soleil lui donnaient un air fragile… et incroyablement sexy. Vraiment, elle était encore plus séduisante que dans son souvenir.

*
* *

Trinity était mal à l'aise. Clive l'observait sans doute, installé parmi les autres invités. Dieu qu'elle détestait l'entendre reprendre les chants religieux ! Comme si ces mots avaient une signification pour lui, comme s'il était un homme bien…

S'efforçant de penser à autre chose, elle se tourna discrètement vers Zahid. Il ne connaissait pas les paroles et se contentait d'attendre en silence la fin de l'hymne.

L'espace d'un instant, elle pria pour qu'il croise son regard, mais il fixait les futurs mariés. Aussi en profita-t-elle pour l'observer.

Sa chevelure ébène lui donnait un air sévère. Il était plus grand et, surtout, plus musclé que dans son souvenir.

Malgré elle, ses yeux se posèrent sur ses mains viriles et elle se remémora ses paumes chaudes autour de sa taille. Il ignorait tout de ce qui s'était passé après son départ, et ne devait jamais le découvrir.

Il tendit les alliances à Donald et elle se pencha légèrement dans l'espoir d'entendre ce qu'il lui murmurait à l'oreille, en vain. Il était trop loin.

A la fin de la cérémonie, Trinity rejoignit les mariés, ses parents et Zahid dans la sacristie.

Comme elle s'appuyait contre un mur pour reprendre son souffle, son père lui adressa un regard désapprobateur, mais elle l'ignora.

Elle était enfin débarrassée de Clive !

Donald et Yvette signèrent le registre et son père les imita, suivi de Zahid.

Fascinée, elle le regarda écrire son nom : *Zahid Bin Ahmed, prince et cheikh d'Ishla*.

— Laisse-moi un peu de place, demanda-t-elle avec un sourire.

D'une main tremblante, elle signa et reposa le stylo. Comme elle se redressait, le parfum viril de Zahid l'enveloppa.

— Natalii ? murmura-t-il à son oreille.

Sa voix était tellement sensuelle qu'elle ne put s'empêcher de frissonner.

— Je suis née à Noël, expliqua-t-elle. Je t'en prie, oublie ça. Je déteste ce prénom.

— Je croyais que c'était la prérogative de la mariée d'arriver en retard.

— Tu sais que je n'aime pas les traditions, rétorqua-t-elle avec malice.

— Ça veut dire que tu n'as pas l'intention de danser ? s'enquit-il avec un sourire.

Le souffle de Trinity se bloqua dans sa poitrine. Pour une raison inconnue, la présence de Zahid était réconfortante. Sa peur semblait refluer, remplacée par une douce chaleur… comme lorsqu'il l'avait embrassée, cette nuit-là. Le souvenir de leur étreinte était-il assez puissant pour combattre sa terreur ? Il était encore trop tôt pour le dire.

— Je suppose que je n'ai pas le choix, soupira-t-elle. Je n'ai aucune envie de causer un scandale.

— Menteuse ! rétorqua-t-il en posant la main dans son dos pour la guider hors de la sacristie.

Ils suivirent les mariés, et Trinity ne put s'empêcher de sourire en sortant de l'église. Les cloches sonnaient, le soleil brillait et Zahid était à ses côtés.

Il ne la quitta pas d'une semelle durant la séance photo et, pour la première fois depuis longtemps, elle s'autorisa à se détendre. Elle n'avait rien à craindre. Zahid veillait sur elle…

— Souris, Trinity, ordonna-t-il.

— Tu ne souris pas, toi, rétorqua-t-elle avant de froncer les sourcils comme Zahid lui adressait son plus beau sourire.

— Ce n'est pas dans ma nature.

A ces mots, elle éclata de rire et le photographe en profita pour prendre quelques clichés.

Ils rejoignirent ensuite les voitures et se retrouvèrent à l'hôtel.

*
* *

Quand Donald entra dans la salle de fête, Trinity comprit tout de suite que quelque chose n'allait pas. Il souriait trop et avait un regard vitreux.

Il lui avait pourtant promis qu'il ne touchait plus à la drogue…

S'efforçant d'oublier ses inquiétudes, Trinity s'installa à la table d'honneur. Zahid était assis de l'autre côté, bien trop loin pour qu'elle puisse lui adresser la parole.

C'était sans doute aussi bien. Ils auraient probablement épuisé tous les sujets de conversation en quelques minutes et seraient vite tombés dans un silence gênant. Même si Zahid avait flirté avec elle dans la sacristie et l'avait invitée à danser.

Des applaudissements retentirent soudain, la tirant de ses pensées. Réprimant un bâillement, Trinity tenta de se concentrer sur le discours du père d'Yvette. Le décalage horaire commençait à se faire sentir.

Zahid écoutait d'un air distrait. Le beau-père de Donald se disait ravi d'accueillir son gendre dans la famille, mais il semblait avoir réalisé qu'il avait peut-être commis une erreur.

Yvette devait partager son avis, car elle ne put s'empêcher de lui lancer un regard anxieux quand son époux se leva.

— Je voudrais tous vous remercier d'être venus et je remercie ma magnifique femme de m'avoir épousé. J'aimerais également en profiter pour remercier Zahid d'avoir fait un si long voyage pour être présent ce soir.

Un sourire rusé aux lèvres, il reprit :

— Tu as été un excellent témoin et j'espère pouvoir te rendre la pareille lors de ton mariage, l'année prochaine.

Zahid jura intérieurement et se tourna vers Trinity. Ses joues étaient rouges et elle évitait son regard.

Bon sang ! Il aurait voulu qu'elle ne l'apprenne pas de cette façon.

Il remercia néanmoins Donald et se leva pour faire son discours.

— Donald et moi..., déclara-t-il en consultant ses notes.

Trinity devait avoir perçu son hésitation, car elle leva les yeux.

Zahid s'en aperçut à peine comme il relatait sa rencontre avec Donald. Comment avait-il pu être aussi aveugle ?

La drogue lui avait toujours appartenu. Il avait paniqué et l'avait cachée dans son casier. Il s'était ensuite dénoncé, soi-disant pour protéger son ami et, durant des années, Zahid s'était efforcé de rembourser sa dette d'honneur. Il était temps de mettre un terme à cette mascarade !

— Donald et moi avons été à l'école ensemble, reprit-il sans plus regarder ses fiches. Nous avons ensuite fréquenté la même université.

A ces mots, Donald lui adressa un regard ravi, mais, au lieu de le dépeindre en héros, Zahid se contenta de quelques anecdotes amusantes, mais sans intérêt.

Quelques instants plus tard, la musique retentit et il se dirigea vers Trinity.

— Ce qu'il ne faut pas faire pour sa famille ! murmura-t-elle comme il la guidait vers la piste de danse. D'autant qu'ils ne se montrent jamais reconnaissants.

— Je suis reconnaissant, rétorqua-t-il en l'enlaçant.

Elle attendit qu'il ajoute quelque chose, en vain.

— De quoi es-tu reconnaissant ?

— Que tu sois là, répondit-il. Je suis content de te revoir après toutes ces années.

A ces mots, le cœur de Trinity se mit à battre la chamade. Vraiment, Zahid était le seul à avoir un tel effet sur elle.

— J'ai bien aimé ton discours, souffla-t-elle en s'efforçant de reprendre le contrôle de ses émotions.

Zahid allait bientôt se marier. Elle ne devait surtout pas l'oublier.

— Tu es bien la seule, rétorqua-t-il. D'ailleurs, ton père me regarde comme s'il voulait me tuer.

— Ce n'est pas toi qu'il regarde, déclara-t-elle en adressant un sourire innocent à celui-ci. Je suis arrivée en retard, expliqua-t-elle comme Zahid haussait les sourcils.

— Je le sais.

— Et je n'ai pas surveillé Donald.

Zahid étudia un instant son visage avant de déclarer :

— Il semble heureux, tu ne trouves pas ?

— Donald ne saura jamais être heureux.

Elle le regarda rire avec son épouse et reprit :

— Il est défoncé… pour changer.

— Et toi ?

— Je ne me drogue pas.

— Je voulais savoir si tu étais heureuse.

— Pas aujourd'hui, avoua-t-elle d'un air absent avant de se reprendre. Enfin, je le suis, à présent.

— Pourquoi ?

— Parce que…, dit-elle avant de s'interrompre.

Parce qu'elle se sentait en sécurité entre ses bras.

Elle ne pourrait malheureusement jamais le lui avouer. Elle ne voulait surtout pas qu'il se fasse de fausses idées. Nombre d'hommes l'avaient traitée d'allumeuse parce qu'elle avait flirté avec eux sans conclure. Ils n'avaient pas compris qu'elle en était tout simplement incapable.

— Parce que… ? répéta-t-il à son oreille.

Elle en oublia toute prudence. Elle aurait dû prendre ses distances, mais elle n'en avait pas envie. Elle avait besoin de Zahid pour aller au bout de cette horrible soirée.

— Parce que mon frère a bon goût en matière de témoins.

— Contrairement à son épouse qui n'a aucun sens de la mode ! rétorqua-t-il en regardant sa robe.

Trinity soupira.

— Tu as raison, mais ce n'est pas sa faute si ma mère ne lui a pas donné mes vraies mensurations. Elle préfère me présenter comme une pauvre chose souffrant de troubles alimentaires. Ça lui permet de se faire passer pour une martyre… Je suis censée chanter, ajouta-t-elle en nouant les bras autour de son cou. Je lui ai pourtant dit que je ne m'appelais pas Trinity van Trapp.

Elle se tut un instant, se demandant s'il saisirait la référence avant de se souvenir d'un soir de Noël où Diane les avait forcés à regarder *La Mélodie du bonheur*.

— Rolf se joindra peut-être à toi, murmura-t-il à son oreille.

Elle éclata de rire. Zahid la comprenait mieux que personne. Avec lui, elle n'avait pas besoin de faire semblant.

— Je préfère le capitaine, souffla-t-elle en se rapprochant de lui.

Elle pouvait sentait la chaleur de ses paumes à travers le fin tissu de sa robe. Pourtant, elle n'avait pas peur.

Pour la première fois depuis longtemps, elle se sentait libre et en sécurité.

La musique s'arrêta et elle s'écarta doucement, à regret.

— Je ferais mieux d'aller voir comment va Yvette.

— Je me charge de Donald. On pourrait peut-être danser plus tard ?

Trinity lui sourit et s'éloigna. Zahid la prenait sans doute pour une fêtarde. Il n'avait aucune idée que le sexe la terrifiait… Même si Zahid ne la mettait pas mal à l'aise. Au contraire…

Soudain impatiente d'aller le retrouver, elle rejoignit Yvette et s'exhorta à la patience comme celle-ci se plaignait de sa vessie. Elle craignait d'avoir une déformation ou une cystite, mais Trinity n'était pas dupe. Yvette était enceinte. C'était simplement l'un des effets secondaires de sa grossesse.

— Ton frère est impossible, déclara celle-ci en se poudrant le nez après une énième visite aux toilettes. Un employé de l'hôtel m'a appelée, il n'a pas payé la réservation.

— Je suis certaine qu'il s'agit d'une erreur, dit Trinity dans l'espoir de la calmer.

C'était pourtant peu probable…

Quittant Yvette, elle finit enfin par repérer Zahid occupé à discuter avec d'autres invités. Comme elle les rejoignait, Diane s'empressa de la présenter et l'un d'eux se mit à lui poser des questions sur son emploi.

— Je pense déménager en France, dit-elle, ayant soudain décidé que ce n'était peut-être pas une si mauvaise idée.

Ça lui permettrait au moins de s'éloigner de sa famille.

S'apercevant de la présence de Diane, elle ajouta :

— Mais pour l'instant, je travaille dans la bibliothèque d'une grande université.

— Elle est chargée des livres rares, précisa Diane, tandis que Trinity lui adressait un regard noir.

Décidée à échapper à sa mère qui ne manquerait pas d'insister pour la forcer à chanter, elle sortit par les grandes portes-fenêtres.

Zahid n'en pouvait plus. Donald ne l'avait pas lâché d'une semelle depuis que Trinity avait quitté la piste de danse pour s'occuper d'Yvette. Il l'avait présenté à tous les invités comme son meilleur ami en lui donnant de grandes tapes dans le dos.

La soirée touchait à sa fin, mais Donald ne semblait pas décidé à le laisser partir. Il l'attira même à l'écart pour lui parler.

— Je sais que tu repars demain après-midi et c'est peut-être notre dernière chance de discuter.

— Tu ne devrais pas te soucier de moi le jour de ton mariage, rétorqua-t-il avec un sourire forcé.

Il n'avait jamais vraiment apprécié les Foster, mais il les aimait encore moins depuis qu'il avait découvert la vérité. Donald avait menti et l'avait piégé des années plus tôt.

— Tu as toujours été un très bon ami, reprit Donald, comme je me suis efforcé de l'être pour toi.

Zahid pinça les lèvres, mais ne dit rien.

— Le problème est que je n'ai plus d'argent pour la lune de miel. Je te promets de te rembourser à mon retour et je…

— Je refuse de payer ta lune de miel, le coupa Zahid, mais je veux bien t'aider à entrer en cure de désintoxication.

— C'est très gentil de ta part, mais je n'en ai pas besoin. Je dois simplement régler mes dettes et…

— Je t'ai déjà donné ma réponse. Il y a une très bonne clinique au Texas. L'un des amis de ma famille y a envoyé son fils et…

— Je viens juste de me marier, l'interrompit Donald. Je ne peux pas quitter Yvette maintenant, ajouta-t-il d'un air suppliant.

— Je suis certain qu'elle comprendra, rétorqua-t-il, décidé à ne pas se laisser attendrir.

La grossesse d'Yvette était déjà bien avancée. Donald allait bientôt devenir père. Il devait impérativement changer pour son enfant.

— Si tu vas en cure de désintoxication, je me chargerai de tes dettes.

— Zahid, s'il te plaît, tu pourrais… ?

— Non !

Il avait pris sa décision.

— Je donnerai mes instructions au comptable qui gère mes affaires en Angleterre. L'offre tiendra aussi longtemps que tu seras prêt à respecter mes conditions.

— Tu es assez riche pour m'aider.

— Ce n'est pas une question d'argent, répliqua-t-il sèchement. Je serais prêt à emprunter pour payer ton traitement, mais je refuse qu'on se serve de moi. C'est à toi de décider si tu veux commencer une nouvelle vie ou gâcher celle-ci, ajouta-t-il d'un air sévère.

— Tu parles d'un ami ! déclara Donald avec une grimace.

Zahid secoua la tête et sortit sur la terrasse.

La voix de Diane résonna soudain :

— Quelqu'un a vu Trinity ?

Il la chercha du regard et l'aperçut un peu plus loin.

Elle était en train de vider une coupe de champagne et sa coiffure ne tenait plus en place.

Vraiment, Trinity était sans doute la pire demoiselle d'honneur du monde.

Comme il la rejoignait, il l'entendit jurer.

— En voilà des manières ! dit-il en fronçant les sourcils.

Elle se contenta de lever les yeux au ciel.

— Je déteste les mariages.

— Ils font pourtant partie de la vie.

— Si je me marie un jour, ce sera une cérémonie privée sur une plage. Et toi ?

— Il y aura des centaines d'invités et les festivités dureront deux ou trois jours, répondit-il en haussant les épaules. Le pays entier célébrera notre union.

C'était une perspective tellement horrible que Trinity ne put s'empêcher d'éclater de rire.

— Je ne devrais pas me plaindre. Quand comptes-tu te marier ? s'enquit-elle en s'efforçant de parler d'une voix neutre.

— L'année prochaine.

Pour une raison inconnue, elle sentit une vague de tristesse la balayer soudain. C'était une réaction ridicule, mais c'était plus fort qu'elle.

Ils n'avaient échangé qu'un baiser, mais c'était son souvenir le plus agréable…

— Tu devrais retourner à l'intérieur, dit-il. Ta mère te cherche.

— Je les déteste, avoua-t-elle.

— Ça se voit.

— Mais je les aime, aussi, soupira-t-elle.

Zahid fronça les sourcils. Trinity semblait si seule…

— Et toi, tu t'entends bien avec ta famille ? s'enquit-elle.

— La plupart du temps.

— Qu'est-ce que ça veut dire ?

— Exactement ce que ça veut dire.

— Tu es tellement honnête !

— Qu'est-ce que tu entends par là ?

— Que tu es honnête !
— Je n'aime pas mentir, dit-il.
— Je n'ai pas envie de rentrer. Tu crois que quelqu'un s'apercevrait de ma disparition si je m'éclipsais ? demanda-t-elle avec espoir.
— Tu sais bien que oui. Allons, ce sera fini dans moins d'une heure.
Trinity soupira. Une heure… autant dire, une éternité.
— Je n'ai pas envie de chanter.
— Il y a de nombreuses choses que je n'ai pas envie de faire…
— Mais tu les fais quand même, dit-elle.
— Parfois, reconnut-il en haussant les épaules.
— Tu chanterais ?
Il sourit et son souffle se bloqua dans sa gorge. Il était si beau quand il souriait !
— Non.
— Trinity ?
La voix de Diane le fit grimacer et Trinity serra les mâchoires.
Sans perdre une seconde, il la prit par le bras et l'attira dans un recoin sombre de la terrasse.
Les pins embaumaient et les rires des invités leur parvenaient depuis l'intérieur.
Trinity eut soudain l'impression de se retrouver dans les bois, des années plus tôt.
— Je voulais que tu m'emmènes.
— J'ai hésité.
— Je ne m'en suis pas rendu compte. As-tu reçu un entraînement pour cacher tes émotions ? demanda-t-elle d'un air moqueur.
— Qu'est-ce qui te fait croire cela ?
Elle faillit répliquer, mais il posa la main dans son dos et lui caressa le visage.
Aussitôt, une douce chaleur se répandit dans son ventre.
— La façon dont tu m'as embrassée, souffla-t-elle.
— Les émotions n'ont rien à voir avec le sexe.

Il mentait, elle en était certaine. Zahid ressentait la même chose qu'elle. Il ne pouvait ignorer le désir qui les unissait.

— Rappelle-moi où nous nous sommes arrêtés cette nuit-là, demanda-t-il d'une voix rauque.

Trinity sentit la panique s'emparer d'elle. Zahid collectionnait les conquêtes et pensait qu'elle avait beaucoup d'expérience avec les hommes. C'était pourtant tout le contraire... Impossible de dire comment elle allait réagir s'il continuait de la caresser. Et si elle ne supportait pas qu'il la touche ?

Non, vraiment, elle ne pouvait pas prendre ce risque. Il fallait trouver un moyen de le décourager sans qu'il découvre la vérité.

— Je doute que ta fiancée apprécie ton comportement, dit-elle en s'écartant.

— Je n'ai pas encore choisi ma future épouse, affirma-t-il en lui prenant son verre des mains pour le poser sur le bord de la fenêtre. Si c'était le cas, je ne serais pas sur le point de t'embrasser, ajouta-t-il en l'enlaçant.

— Oh...

Plus aucun obstacle ne s'élevait entre eux que sa peur et son dégoût des hommes.

Le cœur battant, elle attendit que son angoisse se réveille, en vain. Avec Zahid, elle ne ressentait aucun besoin de fuir. Au contraire, elle ne rêvait rien tant que de se blottir contre lui et de savourer son parfum viril.

Il baissa la tête, mais elle se raidit comme une idée s'imposait à son esprit.

Et si Zahid se rendait compte de sa réticence, de sa peur ou de son inexpérience ? Il lui poserait peut-être des questions et elle serait forcée de s'expliquer.

Elle posa les mains sur son torse pour le repousser, mais il prit sa bouche. Aussitôt, toutes ses craintes s'évanouirent. Il n'y avait plus que son corps pressé contre le sien et sa langue entamant un ballet sensuel avec la sienne.

Quand il la serra plus étroitement, elle sentit son érection contre son bas-ventre. Loin de s'inquiéter, elle en ressentit une certaine fierté. Elle sourit malgré elle.

— Qu'est-ce que tu fais ? demanda-t-il en s'écartant.

— Je souris, répondit-elle.

Il reprit sa bouche et elle se plaqua contre lui comme ses mains remontaient dans son dos jusqu'à la fermeture Eclair de sa robe. D'un geste précis, il la descendit et se mit à lui caresser les seins.

Trinity n'arrivait plus à réfléchir. Plus rien n'existait que Zahid et le plaisir que chacune de ses caresses faisait naître en elle.

Ivre de désir, elle glissa les bras autour de son cou, rêvant de nouer les jambes autour de sa taille pour qu'il l'emmène quelque part où ils seraient enfin seuls.

— Pas ici, souffla-t-il. Comme je te l'ai déjà dit, tu mérites mieux que les bois. Fais ce que tu as à faire et ensuite…

Il s'interrompit, incapable de continuer. Dieu qu'il avait envie d'elle ! C'était incroyable, vraiment, l'effet qu'elle avait sur lui.

Comme elle se contentait de le dévisager, il l'embrassa doucement et la fit pivoter pour remonter la fermeture de sa robe. Il en profita pour admirer au passage la douceur de sa peau et déposer une pluie de baisers sur sa nuque.

Elle frissonna et se laissa aller contre lui, mais il se contenta de glisser quelques mèches de cheveux rebelles derrière son oreille avant de s'écarter.

— Je te suis dans une minute.

— Viens…

— Rentre, Trinity, insista-t-il avec un sourire forcé.

Il ne pouvait pas l'accompagner, pas dans cet état !

— J'arrive tout de suite.

Le cœur léger, Trinity entra dans la salle de réception. Elle avait l'impression de flotter. Pour la première fois, son corps semblait savoir répondre aux caresses d'un homme. La malédiction était-elle enfin levée ?

Son sourire se figea pourtant lorsque sa mère la rejoignit, accompagnée de Clive.

— Tout le monde t'attend, Trinity.

Incapable de réagir, Trinity resta silencieuse.

Un instant plus tôt, elle rêvait que Zahid lui fasse l'amour et voilà qu'elle se retrouvait face à son pire cauchemar.

— C'est l'heure de chanter, annonça Diane avec un sourire.

Elle releva le menton en un geste de défi.

— Tu veux que je chante ?

— Tu sais bien que oui.

Trinity manqua se mettre à hurler. Sa mère avait le culot de lui imposer la présence de Clive et de lui ordonner de chanter ? C'en était trop !

Traversant la salle d'un pas décidé, elle monta sur scène et prit le micro.

Ainsi, ils voulaient qu'elle chante… Eh bien, elle allait se faire un plaisir de leur obéir ! Elle allait chanter aussi fort qu'elle le pouvait. Ils allaient voir…

Elle commencerait par « J'avais dix-sept ans, bientôt dix-huit ans » en montrant Clive du doigt et le monde entier comprendrait ce qui s'était passé.

Il était temps de sortir les squelettes du placard et de laver son linge sale en public ! Non, elle n'avait plus aucune raison de cacher la vérité une seconde de plus.

Zahid entra à l'instant où la musique commençait. Trinity avait l'air si furieuse qu'il se tourna vers Diane.

Pour une fois, celle-ci avait abandonné son sourire de façade et paraissait vraiment inquiète.

— Arrête-la, le supplia-t-elle.

Sans perdre une seconde, Zahid rejoignit la scène. Ce n'était pas pour Diane qu'il le faisait, mais parce que Trinity semblait sur le point d'exploser, et il était hors de question de la laisser se ridiculiser devant tout ce monde.

— Je voudrais dédicacer ce morceau à…, déclara Trinity, mais Zahid débrancha le micro avant de la soulever sur ses épaules.

— Repose-moi ! ordonna-t-elle.

— Dans une minute.

— Repose-moi immédiatement ! insista-t-elle comme il passait derrière la scène et prenait un couloir menant aux ascenseurs.

Il rejoignit sa chambre et ferma la porte avant de la lâcher. Elle trébucha et serait tombée s'il ne l'avait pas rattrapée.

— Qu'est-ce qui t'arrive ? s'enquit-il.

— Rien du tout.

Secouant la tête, elle se pressa contre lui, mais il la repoussa. Loin de se laisser décourager, elle l'enlaça et tenta de l'embrasser.

Elle avait besoin de lui, de ses caresses et de ses baisers pour oublier sa fatigue, sa peur et son désespoir. Zahid avait le pouvoir d'effacer sa douleur en lui faisant l'amour. Il était son refuge, son abri pour échapper à la tempête qui faisait rage dans son corps et dans son cœur.

— J'ai envie de toi.

— Je n'ai pas pour habitude de récompenser ce genre de comportement, rétorqua-t-il sèchement.

— Tu te prends pour un dresseur de chiens ? cria-t-elle avant d'éclater d'un rire hystérique. J'ai fait un stage de renforcement positif, mais ça n'a pas marché !

— Si tu veux que je te fasse l'amour, dit-il en lui ôtant sa robe et en la poussant doucement vers le lit, tu n'as qu'à me le demander demain matin, quand tu seras sobre.

— Je dois demander ? répéta-t-elle en se couchant.

— Oui, précisa-t-il. Je veux t'entendre dire « s'il te plaît ». Tu as besoin d'apprendre les bonnes manières, déclara-t-il avec un sourire. Tu t'es comportée de façon choquante, ce soir.

— Vraiment ? s'enquit-elle dans un bâillement. J'ai pourtant fait un effort…

Sur ces mots, épuisée, elle ferma les yeux et s'endormit.

4.

Trinity se réveilla comme Zahid appelait le service d'étage. Se frottant les yeux, elle avisa sa robe posée sur une chaise et ses chaussures abandonnées au milieu de la pièce.

On frappa à la porte et Zahid alla ouvrir pour laisser entrer l'employé qui apportait le petit déjeuner.

— Posez ça ici, ordonna-t-il. Et faites couler un bain, je vous prie.

Trinity se redressa et faillit leur demander de sortir avant de croiser le regard de Zahid. Il était tellement intimidant qu'elle se recoucha sans un mot.

Que faisait-il ici ? Il n'avait aucun droit de la traiter de cette façon dans sa chambre !

Elle fronça soudain les sourcils en réalisant que la pièce était bien plus grande que le minuscule placard dans lequel elle s'était changée la veille. Quant au lit, il était tout simplement gigantesque ! Pas de doute, elle était dans la suite de Zahid !

Un gémissement lui échappa comme le souvenir de la nuit dernière lui revenait. Ils s'étaient embrassés sur la terrasse et Zahid l'avait ensuite ramenée jusqu'à sa chambre où elle avait tenté de…

— Tu te souviens de ce qui s'est passé ou je dois appeler un médecin ? demanda-t-il en lui arrachant la couverture.

Elle se redressa pour l'observer.

— Je m'en souviens très bien.

Ses cheveux étaient légèrement décoiffés et il n'était pas

rasé, mais il n'en était pas moins séduisant. Au contraire, ça lui donnait l'air rebelle.

— Comment va ta gueule de bois ?

— Je n'ai pas la gueule de bois, j'étais simplement très fatiguée, rétorqua-t-elle. Le manque de sommeil, le peu d'alcool que j'ai bu et ma merveilleuse famille ont eu raison de moi. J'ai fait une scène ? s'enquit-elle en fermant les yeux.

— Je t'en ai empêchée en te ramenant ici, répondit-il, mais tu en as fait une dans la chambre à coucher.

A ces mots, le souffle de Trinity se bloqua dans sa poitrine et il lui fallut un instant pour comprendre que Zahid n'était pas fâché. Il souriait au contraire en la dévorant du regard.

— Tiens, dit-il en lui tendant un verre rempli d'un liquide rouge.

Elle y trempa les lèvres d'un air prudent avant d'en avaler une gorgée. C'était du jus de pastèque parfumé à la menthe.

— Je n'ai pas dormi dans l'avion, expliqua-t-elle. J'étais installée à côté d'un bébé qui n'arrêtait pas de s'agiter. Nous n'avons pas tous la chance de posséder un jet privé, ajouta-t-elle d'un air moqueur.

— Tu aurais pu mettre un casque, rétorqua-t-il, visiblement peu convaincu par ses explications.

— Tu n'as jamais voyagé en classe économique, n'est-ce pas ?

— Ton père t'a payé un billet en classe affaires.

Elle faillit lui demander comment il le savait, mais se ravisa. Tel qu'elle le connaissait, son père devait s'être plaint de ce qu'elle lui coûtait.

— Et j'ai échangé mon billet, dit-elle avec un soupir. Dix heures d'inconfort pour trois mois de loyer.

— Tu aurais pu partir plus tôt si tu te doutais que tu n'allais pas réussir à dormir pendant le voyage.

Irritée, Trinity se laissa retomber sur l'oreiller. Zahid n'avait pas tort. Elle aurait pu prendre un autre vol mais, dans ce cas, elle aurait été obligée de passer la nuit chez ses parents. Or c'était au-dessus de ses forces. Non, vraiment, les pleurs d'un bébé n'étaient pas cher payé pour échapper aux Foster.

— Laisse-moi faire, ordonna-t-il en lui prenant le verre des mains avant de l'aider à se redresser.

Zahid semblait décidé à la traiter comme une petite chose fragile.

— Tiens, ajouta-t-il en s'installant sur le lit, une assiette de pancakes sur les genoux.

Il les nappa de sirop d'érable et les découpa en morceaux.

— Ce n'est pas la peine de faire tout ça ! protesta-t-elle. C'était un coup de fatigue, rien de plus.

— Je comprends. Mange.

— Tu n'es pas fâché ?

— Non, répondit-il avec un sourire. Que s'est-il passé hier soir ? Tu semblais en colère quand je t'ai ramenée ici.

Trinity haussa les épaules en évitant son regard.

— Je crois que j'avais un peu trop bu.

— Tu viens pourtant de m'affirmer le contraire.

— Je…

Elle s'interrompit, ignorant comment continuer.

— Tu peux tout me dire.

Vraiment ? Zahid était le témoin de son frère et un ami de la famille. Il était également le seul à lui faire oublier sa peine et sa douleur. Non, elle ne pouvait pas se confier à lui. Cela risquait de gâcher les instants qui leur restaient.

— Les choses sont toujours compliquées avec ma famille.

Elle attendit qu'il défende Donald ou qu'il lui fasse des reproches, en vain.

Zahid se contenta de l'observer avec attention en lui présentant un morceau de pancake.

— Ta famille est… compliquée, finit-il par dire.

Trinity voulut réagir, mais il ne lui en laissa pas le temps.

— C'est la dernière fois que tu me vois, ajouta-t-il. J'ai décidé de prendre mes distances avec les Foster. Pas avec toi, reprit-il. Je n'ai jamais eu l'impression que tu faisais partie de cette famille. Tu comprends ce que j'essaie de te dire ?

— Je crois que oui.

— Quand je te quitterai, ce sera pour une tout autre raison. Tu le sais, n'est-ce pas ?

Comme elle restait silencieuse, il poursuivit :

— Si nous nous revoyons un jour, je ne pourrai rien faire qui risque de blesser ou de manquer de respect à ma future femme.

C'était tellement difficile de lui parler de coutumes et de traditions qu'elle ne comprenait et ne comprendrait probablement jamais.

— Je me dois de faire ce qui est le mieux pour mon pays.

— Ne t'inquiète pas, je ne m'attendais pas à ce que tu me demandes en mariage.

Malgré lui, il sourit. Imaginer Trinity vivant à Ishla était impossible. Elle était bien trop rebelle et indépendante.

— Je suis certain que cette perspective doit t'horrifier, mais je voulais juste que tu saches que ma décision de ne plus revoir ta famille n'avait rien à voir avec mes sentiments pour toi.

— Je te remercie.

C'était plutôt agréable à entendre.

— Je te remercie également de m'avoir évité de me ridiculiser hier soir, ajouta-t-elle.

— Je t'en prie.

— Je crois que je me suis laissé emporter.

De nouveau, il l'observa comme s'il savait qu'elle mentait, mais elle l'ignora. Il était hors de question de lui parler de ce qui s'était passé.

Pour changer de sujet, elle demanda :

— Que fait un prince quand il se laisse aller ? Je n'arrive pas à t'imaginer en train de danser.

— Nous avons pourtant dansé hier soir.

— Tu sais ce que je veux dire, affirma-t-elle en levant les bras et en se trémoussant, bien qu'elle ne portât qu'un soutien-gorge.

— Je ne danse pas comme ça, rétorqua-t-il.

— Tu m'as déjà dit que tu ne chantais pas. Est-ce que tu bois ?

— Non.

— Parce que ça t'est interdit ?

— Parce que je n'en ai pas envie.

— Tu joues ?

— Jamais.

Il plongea son regard dans le sien et reprit :

— Le sexe…

Surprise, Trinity resta silencieuse.

— C'est mon vice, ajouta-t-il. Nous en avons tous au moins un.

— Le sexe est un vice ?

— Apparemment, mais je risque d'y renoncer bientôt.

— Sauf si ta femme aime beaucoup cela.

— L'espoir fait vivre…, répliqua-t-il avec un sourire, même si ce genre de considérations n'entre pas en ligne de compte pour le choix de ma future épouse.

— C'est un tort, affirma-t-elle.

— Je ne risque pas d'en discuter avec mon père.

Elle jeta un coup d'œil au réveil.

— Nous devons retrouver ma famille pour le petit déjeuner à 9 heures.

Il était déjà 8 h 10.

Comme s'il ne l'avait pas entendue, Zahid nappa le dernier pancake de sirop d'érable et le lui tendit.

— Tu ferais une bonne maman oiseau, se moqua-t-elle en ouvrant la bouche.

Il tint la fourchette hors de sa portée et l'éloigna davantage quand elle tendit le cou.

— Les oiseaux nourrissent leurs petits avec leur bec, déclara-t-il.

A ces mots, les joues de Trinity s'embrasèrent.

— Tu as deux options, reprit-il. Tu peux prendre le petit déjeuner avec ta famille ou nous pouvons leur dire que nous avons d'autres engagements.

— D'autres engagements ? répéta-t-elle.

Au lieu de lui répondre, Zahid prit le morceau de pancake dans sa bouche et la força à s'allonger avant de le déposer délicatement entre ses lèvres.

Elle l'avala à la hâte et il l'embrassa.

— Je ne me suis pas encore brossé les dents, protesta-t-elle, soudain intimidée.

Il s'écarta.

— Je vais me doucher. Ensuite, tu pourras prendre un bain si tu veux.

Le choix lui appartenait mais, quoi qu'elle décide, il ne rejoindrait pas les Foster.

Il avait accompli son devoir. C'était l'heure de prendre du plaisir… du moins si Trinity le voulait bien.

— Je demanderai à quelqu'un de débarrasser quand j'en aurai fini, ajouta-t-il en déboutonnant sa chemise.

Incapable de parler, Trinity hocha la tête. Le torse de Zahid était incroyablement musclé et bronzé. Elle n'avait qu'une envie : y poser les doigts pour caresser sa peau dorée. Son regard fixa la toison sombre qui descendait vers son pantalon et elle se mit à rougir. Gênée, elle baissa les yeux.

— Je n'en ai pas pour longtemps, promit-il.

Le cœur battant, Trinity se laissa retomber dans les oreillers en s'efforçant d'ignorer les images du corps de Zahid ruisselant de gouttes d'eau.

Il lui avait donné le choix. Elle pouvait rassembler ses affaires et rejoindre sa famille. Personne n'en saurait rien. Zahid ne trahirait jamais son secret… et elle ne le reverrait jamais.

Le bruit de la douche s'arrêta et il entra dans la pièce, une serviette de bain nouée autour de la taille et une autre reposant sur ses épaules.

— Tu es encore là, fit-il remarquer avec un sourire.

— Oui.

— Je vais appeler le service d'étage.

— Je vais prendre un bain.

Elle se leva pour aller dans la salle de bains, mais risqua

un coup d'œil en arrière à l'instant où il se débarrassait de sa serviette.

Son souffle se bloqua soudain dans sa poitrine et elle manqua défaillir. Le sexe de Zahid était terriblement imposant… et tentant.

Loin d'être terrifiée, elle ne rêvait rien tant que de le caresser.

— Tu devrais prévenir tes parents, affirma-t-il, nullement gêné.

— Après mon bain, souffla-t-elle.

Elle n'avait aucune intention de gâcher ces instants. Pour la première fois de son existence, elle avait envie de faire l'amour avec un homme.

Refermant la porte derrière elle, elle observa son reflet dans le miroir. Ses cheveux étaient emmêlés, mais ses yeux brillaient d'un éclat nouveau. C'était comme si son corps s'était éveillé d'un long sommeil. Il brûlait d'excitation et d'impatience.

La perspective de faire l'amour avec Zahid aurait dû l'inquiéter. Il la prenait pour une femme qui aimait faire la fête et collectionnait probablement les amants. Pourtant, elle n'était pas inquiète.

Pour une raison inconnue, ses baisers et ses caresses avaient réussi là où des années de thérapie avaient échoué. Elle n'avait qu'une envie : le rejoindre au plus vite.

Cela dit, il ne fallait surtout pas qu'il découvre son secret. S'il connaissait la vérité, il la repousserait sans doute en prétextant qu'ils n'avaient aucun avenir ensemble. A moins qu'il n'ait pitié d'elle ? Craignant de la blesser, il ne manquerait pas de lui demander comment elle allait toutes les cinq minutes. Non, vraiment, ce n'était pas ainsi qu'elle imaginait le sexe avec Zahid !

Elle voulait qu'il lui fasse l'amour avec passion et la dévore des yeux comme il l'avait fait un peu plus tôt. Il avait le pouvoir de lui faire oublier sa peine et sa douleur et c'est exactement ce dont elle avait besoin, ce dont son corps avait besoin.

Il fallait à tout prix qu'elle ait l'air sûre d'elle quand elle retrouverait Zahid. D'une façon ou d'une autre, elle devait devenir la femme expérimentée qu'il attendait.

— La gouvernante est partie, annonça-t-il en toquant à la porte. Ton portable sonne sans arrêt. Tu veux que je te l'apporte ?

— Donne-moi une minute, Zahid. Au fait, je me suis rendu compte que j'avais oublié de dire « s'il te plaît ».

Il y eut un silence et elle sut qu'il souriait.

— Tant que tu n'oublies pas de dire merci.

Ravie, Trinity se passa de l'eau sur le visage. Le fait que Zahid soit le seul à partager son sens de l'humour aurait dû l'inquiéter, mais c'était tout le contraire. D'ordinaire, les gens fronçaient les sourcils, et elle se voyait contrainte de leur expliquer la plaisanterie, mais pas Zahid. Il la comprenait.

Elle aurait dû être terrifiée à l'idée de partager son lit, mais ce n'était pas le cas. Pour une raison inconnue, elle était nerveuse… mais également impatiente.

Zahid était différent. Il était tout simplement impossible de lui résister.

Sortant de la baignoire, elle se sécha à la hâte et enfila un épais peignoir de bain. Des pétales de rose s'accrochaient à son corps, mais elle s'en moquait.

Comme elle se coiffait, une idée s'imposa soudain à son esprit. Et si elle n'y arrivait pas et se mettait à pleurer ? Et Zahid, comment réagirait-il s'il découvrait à quel point elle manquait d'expérience ?

Prenant une profonde inspiration, elle s'efforça de se calmer. Une occasion pareille ne se représenterait pas. C'était probablement la dernière fois qu'elle le voyait avant son mariage. C'était son ultime chance. Si elle n'y arrivait pas avec lui, elle n'y arriverait jamais.

D'une main tremblante, elle ouvrit la porte de la salle de bains et entra dans la chambre. La pièce était seulement éclairée par la lueur des bougies.

La vaisselle sale avait été débarrassée, les vêtements avaient été ramassés et pliés, et le lit avait même été refait.

Nu entre les draps, Zahid l'attendait.

— Ce bain ?

— C'était merveilleux, répondit-elle, la gorge nouée.

L'espace d'un instant, elle envisagea de tout lui avouer, mais renonça comme Zahid l'attirait à lui pour l'embrasser. C'était ainsi qu'elle voulait qu'il la traite.

Il approfondit son baiser et elle se pressa contre lui, toute peur envolée.

La sonnerie de son portable retentit soudain, la faisant sursauter.

— Est-ce que quelqu'un a vu Trinity ? demanda Zahid.

Elle ne put s'empêcher d'éclater de rire.

— Je vais leur dire que je ne viens pas.

Irritée, elle se leva, prit son téléphone et lut le message de sa mère.

Pourquoi fallait-il qu'elle les interrompe maintenant ? Comme si ce n'était pas assez difficile comme ça !

— Ils vont bientôt prendre le petit déjeuner et elle veut savoir où je suis.

Un gémissement lui échappa comme Zahid dénouait sa ceinture.

— Dis-lui que nous allons…

— Faire une promenade ?

Il posa les lèvres sur son ventre.

— Ne mens pas…

Trinity n'arrivait pas à réfléchir. La bouche de Zahid était chaude contre sa peau.

Il descendait toujours plus bas et elle redoutait l'instant où sa langue se glisserait entre ses cuisses. Elle en mourait pourtant d'envie sans oser le lui demander.

Partagée entre le désir de fuir et de le laisser la goûter, elle parvint à envoyer une réponse à sa mère.

— Eteins ce maudit téléphone ! ordonna-t-il.

5.

Trinity s'exécuta, mais laissa son portable tomber à terre comme Zahid reprenait sa longue torture.

Rien ne viendrait plus les déranger, ni le téléphone ni le service d'étage. Zahid avait accroché le signe « Ne pas déranger » à la porte. Il n'y avait plus qu'eux. Seuls au monde.

Comme il lui écartait doucement les jambes, elle sentit les battements de son cœur s'accélérer. Qu'était-elle censée faire ?

Timidement, elle glissa les mains dans sa chevelure et s'y accrocha comme la bouche de Zahid descendait entre ses cuisses. Il glissa un doigt en elle et elle attendit, tremblante, que la panique la submerge.

C'était la première fois qu'un homme la touchait de cette façon mais, loin de l'effrayer, les caresses de Zahid provoquaient en elle de délicieux frissons.

Redressant la tête, il la poussa doucement sur le lit.

— Zahid, protesta-t-elle, embarrassée en comprenant ce qu'il s'apprêtait à faire.

— Sais-tu combien de fois j'ai rêvé de faire ça ? demanda-t-il en guidant ses hanches.

Touchée par son aveu, Trinity s'efforça de se détendre. C'était sans doute aussi bien. Zahid se serait probablement arrêté s'il avait lu la peur dans son regard.

Un gémissement lui échappa soudain comme sa langue s'introduisait en elle. Non, elle ne pouvait pas le laisser faire. C'était impossible.

— Zahid…

C'était comme si de la lave en fusion coulait à présent dans ses veines. Elle n'avait aucune idée de ce qui lui arrivait, mais elle en voulait plus.

— J'ai un pétale de rose dans la bouche, dit-il sans s'écarter.

— Ce n'est pas le seul.

— Dans ce cas, je vais trouver les autres. Agenouille-toi, ordonna-t-il.

Le souffle court, Trinity suivit ses instructions. La langue de Zahid éveillait des sensations nouvelles en elle. C'était incroyable, vraiment.

Elle avait envie de le remercier parce que c'était la première fois qu'elle se sentait aussi bien et aussi vivante. C'était comme si son corps s'éveillait d'un long sommeil. Après toutes ces années, elle découvrait enfin la joie d'être caressée et touchée par un homme.

— C'est tellement bon…, souffla-t-elle.

Non, c'était plus que ça. C'était merveilleux de sentir les mains puissantes de Zahid la guidant et la soutenant, et sa langue goûtant et savourant le moindre recoin de sa féminité.

Il dit quelque chose en arabe avant de traduire :

— C'est merveilleux.

Elle voulut répondre, mais en fut incapable car un délicieux frisson parcourut tout son corps. Elle n'avait jamais eu d'orgasme, mais Zahid semblait décidé à lui en donner un.

— Zahid…

Tout allait beaucoup trop vite.

— Pourquoi ne te laisses-tu pas aller ?

Soudain, une vague de plaisir la balaya, emportant ses doutes et ses peurs, et elle poussa un cri libérateur.

Zahid poursuivit ses caresses et une nouvelle onde la traversa, la laissant pantelante. Enfin satisfait, il la souleva et l'allongea sur lui.

Baissant les yeux, elle aperçut son sexe gonflé de

désir et le prit entre ses mains. Timidement, elle se mit à le caresser et ne put retenir un sourire quand il grandit davantage. Elle aussi avait du pouvoir sur Zahid !

— Tu sais…

— Non, dis-moi…

— Je crois que je pourrais apprendre à apprécier ce genre de choses, déclara-t-elle avec un sourire.

C'était la première fois qu'elle se montrait aussi honnête avec lui.

— Moi aussi, rétorqua-t-il d'une voix rauque.

C'était peu dire. La réaction de Trinity l'avait bouleversé et ses caresses menaçaient de le rendre fou. Il n'arrivait pas à imaginer que c'était la première et la dernière fois qu'il lui ferait l'amour. Non, vraiment, il ne serait jamais rassasié.

S'efforçant de ne pas songer à l'avenir, il voulut prendre un préservatif, mais Trinity l'arrêta.

— J'ai un stérilet, expliqua-t-elle comme il fronçait les sourcils.

Elle l'avait fait poser après avoir perdu son enfant. A l'époque, la crainte d'être attaquée par un inconnu était aussi grande que celle de tomber de nouveau enceinte.

— Tu es sûre de toi ? s'enquit Zahid. Parce que si tu tombes enceinte, je suis fichu…

— Oui, le rassura-t-elle avec un sourire.

Elle avait besoin de le sentir en elle sans que rien vienne les séparer.

Se soulevant légèrement, elle se plaça au-dessus de Zahid et le guida en elle. Il la pénétra d'un mouvement fluide et elle ne put retenir un gémissement. Il était tellement imposant !

D'instinct, son corps se mit à bouger et à onduler de plus en plus vite. L'espace d'un instant, Zahid sembla vouloir la faire ralentir, mais il finit par renoncer.

— Je crois que je vais jouir, souffla-t-elle d'un air émerveillé.

C'était incroyable. Ses craintes s'étaient envolées. Sa

peur avait disparu, remplacée par des frissons de plaisir qui menaçaient de l'engloutir tout entière.

L'agrippant par les hanches, Zahid s'introduit plus profondément en elle et accéléra ses va-et-vient. Elle atteint l'extase comme le corps de Zahid se tendait soudain. Murmurant son nom, elle laissa la jouissance les emporter tous les deux tout en retombant contre lui.

6.

Troublé, Zahid s'efforçait de réfléchir. Il ne s'agissait que de sexe et rien de plus. Trinity et lui n'avaient aucun avenir ensemble. Il devait impérativement se faire à cette idée.

Son peuple ne l'accepterait jamais en tant que reine et Trinity n'avait aucune intention de le suivre à Ishla. Leur relation était vouée à l'échec. Il valait mieux se contenter d'une liaison passagère.

— A quoi tu penses ?

— Qu'es-tu prête à me donner pour le découvrir ? demanda-t-il d'un ton faussement enjoué.

Ramener Trinity à Ishla risquait de lui coûter cher. Il serait contraint de renoncer à son titre et à son royaume. Et si, par miracle, la population et sa famille finissaient par l'accepter, il ne réussirait jamais à faire son devoir avec elle à ses côtés. Comment pourrait-il se concentrer sur son travail en sachant qu'elle l'attendait dans son lit ? C'était impossible.

Comme si elle lisait ses pensées, Trinity étudia attentivement son visage avant de s'écarter pour récupérer son téléphone.

— J'ai huit appels manqués, déclara-t-elle.

— Tu dois partir ?

— Je n'en ai pas envie, mais je prends l'avion cet après-midi. Il vaut mieux que j'aille les retrouver.

— Je comprends. Tu veux que je t'accompagne ? proposa-t-il soudain.

Il devait prendre ses distances, mais il pouvait au moins la soutenir dans cette épreuve.

Secouant la tête, elle se leva et commença à rassembler ses affaires.

— Où vas-tu ?

— Je retourne dans ma chambre.

— Tu peux te doucher ici.

— C'est déjà assez gênant de croiser les autres clients de l'hôtel dans ma robe de demoiselle d'honneur, expliqua-t-elle. Je n'ai aucune envie que ma famille me voie comme ça. Ils sauront que je n'étais pas seule, la nuit passée.

— Ne t'inquiète pas. Je vais faire apporter tes bagages.

Zahid semblait sûr de lui, sans doute parce qu'il était habitué à obtenir ce qu'il voulait.

Se réfugiant dans la salle de bains, elle prit une douche rapide et se sécha les cheveux.

Comme elle se coiffait, elle observa son reflet dans le miroir. Rien n'avait changé, pourtant, elle se sentait différente.

La perspective d'affronter sa famille ne l'effrayait plus. Non, le problème, c'était Zahid. Il lui fallait à présent prétendre que la nuit dernière ne signifiait rien… et se résoudre à le perdre à jamais.

Peut-être pouvait-elle demander à son médecin de lui prescrire des patchs « anti-Zahid », comme ceux à la nicotine que Donald utilisait quand il voulait arrêter de fumer ? De toute façon, ils seraient inefficaces. Aucun médicament au monde ne serait assez puissant pour lui permettre de l'oublier.

Inspirant profondément, elle quitta la pièce avec un sourire forcé.

Allongé sur le lit, Zahid la regardait se maquiller.

Leur délicieux intermède était terminé, même s'il refusait d'y croire.

« Reprends-toi ! » s'ordonna-t-il. Ces sentiments ne lui

ressemblaient pas et, de plus, ils étaient dangereux. Son père ne s'était jamais remis de la mort de sa mère. Il avait failli perdre son trône et son royaume, et il était hors de question qu'il lui arrive la même chose.

Malgré lui, son regard se posa sur Trinity. Ce matin, elle portait une robe aux couleurs vives.

Comme elle fermait sa valise et la plaçait près de la porte, il nota qu'elle avait les larmes aux yeux.

— Je la mettrai dans ma chambre en descendant.

Il acquiesça en silence. C'était l'heure des adieux.

— Tu es magnifique.

— Merci.

— Ton vol est à quelle heure ?

Elle répondit et il hocha la tête.

— C'est une heure avant le mien. Je peux te conduire à l'aéroport, suggéra-t-il.

Ce n'était pas une bonne idée, mais il avait besoin de plus de temps avec elle pour l'embrasser et la toucher une dernière fois.

— Je…

— Laisse ta valise ici.

Sans un mot, elle se jeta dans ses bras et il prit ses lèvres.

— Va retrouver ta famille, mais ne t'attarde pas, ajouta-t-il avec un sourire.

Elle sourit et se redressa.

— Tu es certaine que tu ne veux pas que je t'accompagne ?

— Non, je préfère y aller seule.

Trinity plongea son regard dans le sien et, l'espace d'un instant, elle envisagea de lui dire la vérité. Ce n'était pourtant pas une bonne idée. Zahid insisterait pour l'accompagner et elle ne voulait surtout pas qu'il cause un scandale.

Zahid était un homme d'honneur. Il ne supporterait probablement pas de rester assis sans rien dire, et le forcer à se montrer courtois avec ses parents ou avec Clive serait cruel.

— A quoi tu penses ? demanda-t-il.

— A rien du tout, répondit-elle en secouant la tête.

Ça ne servait à rien de songer à Clive ou à ses parents. Ils n'avaient pas leur place dans cette chambre où elle avait enfin vaincu ses démons.

— Merci, ajouta-t-elle, sincère.

Zahid plissa les yeux, visiblement surpris par la gravité de son ton.

— Tout le plaisir était pour moi.

Un sourire aux lèvres, elle l'embrassa une dernière fois avant de quitter la chambre pour aller retrouver sa famille.

Pour une raison inconnue, la perspective de revoir Zahid était suffisante pour lui permettre de prendre l'ascenseur le cœur léger. Il avait le pouvoir de lui donner du courage et de lui rendre confiance en elle.

— Vous travaillez dans une bibliothèque ? demanda la mère d'Yvette.

Trinity faillit la détromper avant de renoncer. Il valait mieux ne pas causer une dispute avec sa mère.

— Dans la section des livres rares, répondit-elle.

S'efforçant de rester polie, elle salua les invités et entama la conversation avec plusieurs d'entre eux.

Comme elle consultait sa montre pour la centième fois en quelques heures, elle s'aperçut qu'il était déjà tard.

— Je suis navrée de m'être mise en colère hier, dit Yvette quand elle l'embrassa pour lui dire au revoir. Donald m'a assuré que ce n'était qu'un malentendu.

— Tant mieux.

Yvette la retint quelques minutes et, lorsqu'elle réussit enfin à s'échapper, Donald la prit par le bras.

— Je peux te parler, Trinity ?

Aussitôt, elle sentit son cœur se serrer. Rien n'avait changé.

Elle acquiesça néanmoins et le laissa l'attirer à l'écart.

— Je déteste avoir à te demander ça, mais…

« Ne le fais pas, alors ! », eut-elle envie de hurler, mais elle se retint.

— Le directeur de l'hôtel insiste pour que je paie d'avance, sinon nous ne pourrons pas partir en lune de miel. Je ne peux pas annoncer ça à Yvette !

— Je n'ai pas cette somme, rétorqua-t-elle.

L'argent n'était pas vraiment le problème et il était temps que Donald le comprenne.

— Donald, tu as besoin d'aide.

— J'ai besoin de partir en lune de miel, répliqua-t-il. J'ai dépensé pas mal d'argent ces dernières semaines et je…

Trop inquiète pour s'énerver, Trinity se contenta de hocher la tête et de rejoindre la réception en compagnie de Donald.

Après quelques instants, un employé les conduisit aux ordinateurs mis à disposition des clients. Elle se connecta rapidement aux services de banque en ligne. Inutile de demander le numéro de compte de Donald, elle le connaissait par cœur.

— De combien as-tu besoin ?

Comme elle avait changé son billet, elle disposait d'un peu plus de huit mille dollars.

— Je dois payer l'hôtel, le taxi, les sorties…

— Combien ? répéta-t-elle d'un air las.

Elle n'avait même plus la force de se mettre en colère.

— Tout ce que tu peux me donner.

Elle vira l'argent, ne laissant que cent dollars sur son propre compte.

— S'il te plaît, Donald, fais-toi aider, le supplia-t-elle en le prenant dans ses bras.

Ce n'était pas la première fois qu'elle disait ces mots. Elle avait tout essayé pour le faire changer d'avis, allant jusqu'à lui proposer de s'installer chez elle durant sa cure. En vain. Donald avait toujours refusé de l'écouter.

— Je ne veux pas qu'il t'arrive quelque chose, ajouta-t-elle. Je n'ai pas envie de me retrouver à une de ces réunions familiales sans toi.

— Je vais bien, rétorqua-t-il en la repoussant, mais elle ne le laissa pas faire.

— J'ai peur de te perdre, avoua-t-elle, les larmes aux yeux.

— Tu n'as pas à t'inquiéter, Trinity.

— Je t'aime. C'est normal que je m'inquiète pour toi.

— C'est inutile. Merci, conclut-il en s'éloignant sans un regard en arrière.

Se remaquillant à la hâte, elle prit l'ascenseur pour rejoindre Zahid.

— Je suis désolée, je n'ai pas pu…

— Ce n'est rien, la coupa-t-il en l'attirant à lui.

Il ne s'agissait pas que de sexe. Non, il avait besoin de la prendre dans ses bras.

Malgré ses efforts pour le cacher, il sut qu'elle avait pleuré à la façon dont elle s'accrochait désespérément à lui.

— Comment ça s'est passé ?

— Comme d'habitude, répondit-elle en se dégageant avec un sourire.

Comme il la dévisageait, elle ajouta :

— Ça s'est bien passé.

Il n'y avait pas de circulation et le trajet jusqu'à l'aéroport ne leur prit que quelques minutes.

Zahid l'enlaça, mais la retint lorsqu'elle voulut ouvrir la portière.

— Emmène-moi, murmura-t-elle.

Elle ne cherchait qu'à plaisanter, mais faillit soudain éclater en sanglots en songeant à cette nuit où sa vie avait basculé. Zahid ignorait ce qui s'était passé et il ne devait jamais le découvrir.

Elle se pencha pour l'embrasser, mais il la prit par le menton.

— J'aimerais pouvoir t'emmener, déclara-t-il. Tu serais mon rayon de soleil au palais.

Et une menace pour son cœur…

— Mais tu serais également ma plus grande distraction. Je ne pourrais jamais me concentrer et travailler.

Il s'interrompit, ignorant comment continuer. D'ordinaire, il n'éprouvait aucune difficulté à quitter ses maîtresses, mais c'était différent avec Trinity.

Il n'avait qu'une envie : la prendre par la main et informer le pilote qu'elle l'accompagnait à Ishla. Au diable les conséquences !

C'était pourtant impossible. Sans compter que ce genre de comportement ne lui ressemblait pas. Trinity avait décidément le don de lui faire perdre la tête...

Trinity était à deux doigts de craquer. Elle était censée prétendre qu'il ne s'agissait que de sexe et quitter Zahid sans un regard en arrière. Ils n'avaient aucun avenir ensemble. Vraiment, elle ferait mieux de l'embrasser et de partir avant qu'il fasse des promesses qu'il n'avait aucune intention de tenir.

— Donne-moi ton numéro. Je t'appellerai quand...

— Arrête, ordonna-t-elle en posant les doigts sur ses lèvres. Nous savons tous les deux que tu ne le feras pas. Je te verrai dans quelques mois pour le baptême, ajouta-t-elle avec un sourire tremblant.

Zahid jura intérieurement. Si seulement il ne devait pas choisir une épouse, si seulement il avait plus de temps...

— Je n'irai pas.

Même marié, il ne résisterait pas longtemps à son charme. Non, il valait mieux ne pas tenter le diable.

— C'est dommage, souffla-t-elle. Les réunions de famille ne sont pas si terribles avec toi.

Caressant doucement son visage, il l'embrassa une dernière fois et la regarda s'éloigner.

7.

« Les causes de la mort restent inconnues et la famille a demandé que son intimité soit respectée.

» L'enterrement aura lieu dans la journée en présence des membres de la famille. »

Trinity replia le journal et le posa sur sa tablette comme un steward se dirigeait vers elle.

— Vous avez besoin de quelque chose ?

Elle secoua la tête et se tourna vers le hublot, regardant le ciel changer de couleur comme le soleil se levait.

Son pire cauchemar s'était réalisé. Cela faisait des années qu'elle s'inquiétait pour Donald, mais elle ne s'attendait pas à l'enterrer un mois après son mariage. Et pourtant, elle se rendait à l'église pour lui faire ses adieux.

Soudain lasse, elle ferma les yeux. Son père lui avait payé un billet en classe affaires, mais elle n'avait pas réussi à dormir.

Ces dernières semaines avaient été horribles. Zahid lui manquait et elle avait plus d'une fois envisagé de l'appeler avant de renoncer à la dernière minute. Elle n'en avait pas le droit, ça ne faisait pas partie de leur accord.

Son humeur s'était encore assombrie en découvrant qu'Yvette avait quitté Donald dix jours après le début de leur lune de miel. Il avait, semblait-il, succombé à ces anciens démons, et le départ de sa femme n'avait rien arrangé. Au contraire, Donald avait complètement perdu pied.

Quand elle avait appris la nouvelle de sa mort, une

vague de panique l'avait submergée, vite remplacée par une douce torpeur qui lui engourdissait l'esprit.

Sans cela, elle n'aurait jamais supporté l'idée de revoir Clive, sa tante ayant insisté pour s'installer dans la maison familiale pour soutenir sa sœur.

Trinity avait donc décidé de dormir une nuit à l'hôtel où aurait lieu la veillée et de reprendre l'avion dès le lendemain.

Les larmes aux yeux, elle passa la douane et manqua défaillir en apercevant Zahid. Sa mère avait oublié de la prévenir qu'il assisterait aux funérailles.

— Ça va aller, dit-il en la prenant par le bras comme son chauffeur s'occupait des bagages.

— Je ne m'attendais pas à te voir, déclara-t-elle. Maman ne m'a rien dit.

— Je viens d'apprendre la nouvelle, expliqua-t-il. Tu étais déjà partie pour l'aéroport, sinon…

Il ne finit pas sa phrase. Ce n'était pas le moment de lui avouer qu'il avait contacté Donald dans l'espoir d'obtenir son numéro. Comme il n'avait pas réussi à le joindre, il avait fini par appeler Diane qui l'avait prévenu.

Son avion avait atterri vingt minutes avant le sien et il avait décidé de l'attendre.

— Laisse-moi te ramener chez toi, offrit-il en s'installant à ses côtés.

Trinity acquiesça distraitement.

— J'ai pris une chambre à l'hôtel. Et toi ?

— Non, je reprends l'avion cet après-midi. Quand comptes-tu repartir ?

— Demain, répondit-elle d'un air morne en se tournant vers la fenêtre.

Soudain furieux, Zahid serra les poings. Il n'avait pas le droit de la juger, mais sa décision était incompréhensible. Ses parents venaient de perdre un fils. Ils avaient sans doute besoin du soutien de leur fille.

Son refus d'obéir aux conventions était admirable en

certaines occasions, mais profondément choquant le jour de l'enterrement de son frère.

Comme le chauffeur s'arrêtait devant l'hôtel, Zahid consulta sa montre. Ils ne devaient pas traîner s'il voulait être à l'heure pour la cérémonie.

— Monte te changer, je t'attendrai à la réception.

— Pourquoi ? Ce n'est pas comme si tu ne m'avais jamais vue nue.

Ils prirent l'ascenseur et Zahid en profita pour réfléchir. Trinity était un vrai mystère. Il ne savait jamais à quoi s'attendre avec elle. Ça faisait d'ailleurs partie de son charme.

— Ta mère m'a demandé de faire l'éloge funèbre, annonça-t-il.

— Merveilleux ! rétorqua-t-elle en découvrant qu'elle avait oublié l'adaptateur pour son fer à friser. C'est merveilleux, reprit-elle avec un sourire féroce.

— Tu parles de tes cheveux ou de moi ?

— A toi de voir.

— Pourquoi es-tu aussi… ?

Il s'interrompit. Non, ce n'était pas le moment de lui demander pourquoi elle était en colère contre lui ou de lui avouer qu'elle lui avait horriblement manqué.

— Je vais prendre une douche.

— Pas trop longue, la prévint-il. Nous n'avons pas…

— Je ne serai pas en retard à l'enterrement de mon frère, le coupa-t-elle. Je suis tout à fait capable de lire l'heure, poursuivit-elle en claquant violemment la porte de la salle de bains.

Irrité, Zahid soupira. D'ordinaire, il ne laissait personne lui parler sur ce ton. Cela dit, il n'avait aucun droit sur Trinity. Il ne pouvait pas lui imposer de se conduire correctement. L'eût-il voulu qu'il n'aurait probablement pas réussi à la faire changer. Trinity pouvait se montrer très têtue quand elle le voulait. Il avait d'ailleurs toujours admiré sa ténacité et son refus de suivre les règles.

Il appela la réception pour demander un adaptateur et s'installa dans un fauteuil dès qu'il fut livré.

Quelques minutes plus tard, Trinity sortit de la salle de bains, une grande serviette de bain enroulée autour d'elle. Son regard tomba aussitôt sur l'adaptateur, mais elle ne dit pas un mot.

Zahid ne s'en offusqua pas. Il s'attendait à ce genre de réaction. Il tourna la tête comme elle enfilait ses sous-vêtements et ses collants.

— Je suis navrée de t'imposer ce spectacle, dit-elle d'un ton furieux. Je sais bien que tu n'avais pas envie de me revoir.

— De tous tes mensonges, c'est le plus ridicule ! rétorqua-t-il en lui faisant face.

Il jura intérieurement. Elle avait perdu du poids et paraissait incroyablement fragile. Malgré tout, il la désirait toujours. Il ne rêvait rien tant que de caresser sa peau diaphane.

— Tu as déformé mes propos.

— Tu as dit…

— J'ai dit que je n'avais pas le choix, la coupa-t-il. Je t'ai expliqué que mes sentiments pour toi n'avaient pas leur place dans ma vie.

Elle se mit à trembler et il serra les poings. Trinity semblait sur le point de s'effondrer. Il devait à tout prix l'aider à se reprendre, sans quoi elle ne réussirait jamais à assister aux obsèques.

C'était pour ça qu'il ne l'avait pas enlacée à l'aéroport. Elle n'aurait pas manqué d'éclater en sanglots sans pouvoir s'arrêter.

— Viens…

L'installant sur ses genoux, il la serra de toutes ses forces dans l'espoir de la consoler.

— Je suis là pour toi, souffla-t-il. Le reste attendra. Je t'appellerai dans quelques jours pour que nous ayons une vraie conversation.

Comme elle acquiesçait, il ajouta :

— Tu as bien assez à penser sans t'inquiéter de ce qui va nous arriver. Je suis là pour toi. Maintenant, habille-toi.

Elle se leva pour enfiler sa robe, et il ne la quitta pas des yeux. Son parfum féminin l'enveloppait, éveillant son désir.

S'efforçant d'ignorer ses reins en feu, il lui adressa un sourire encourageant et lui prit la main.

La cérémonie allait bientôt commencer.

Dans l'église, Zahid s'avança et observa les visages qui lui faisaient face. Trinity ressemblait à une fleur fragile au milieu de l'hiver. Quant à Yvette, elle arborait une expression furieuse. Peut-être sa douleur s'était-elle quelque peu estompée en découvrant qui était vraiment Donald ?

C'était la première fois que celui-ci apparaissait sous son vrai jour. Et c'était sans doute ce qui avait poussé les Foster à organiser une cérémonie privée.

Faire l'éloge d'un homme que l'on méprise n'avait rien de facile, mais il s'efforça pourtant d'honorer sa mémoire. Il commença donc à parler de la jeunesse de Donald et des nombreuses soirées qu'ils avaient passées ensemble.

Comme il parlait, son regard revint à Trinity. Les mots qu'il avait écrits ne s'adressaient pas à Donald ou à sa famille. Ils étaient pour elle, et pour elle uniquement.

— Je me réjouissais toujours d'assister aux réunions de famille, et je m'en souviendrai avec affection.

Trinity leva la tête et il lui adressa un sourire.

— Nous devons nous souvenir des bons moments sans pour autant ignorer notre douleur, reprit-il en plongeant ses yeux dans les siens.

La cérémonie terminée, ils se rendirent au cimetière. Plus d'une fois, Diane tenta de prendre le bras de Trinity, mais celle-ci secoua la tête. Zahid se hâta de se placer à ses côtés.

Enfin, ils retournèrent à l'hôtel où des rafraîchissements les attendaient.

Zahid présenta ses condoléances et serra de nombreuses

mains, mais il n'avait que Trinity à l'esprit. Hélas, chaque fois qu'il tentait de la rejoindre, l'un des Foster l'entraînait dans une conversation interminable. Elle avait pourtant besoin de lui…

Perdant patience, il s'excusa auprès de son interlocuteur et fendit la foule.

— Comment vas-tu ?

— Je vais merveilleusement bien, rétorqua-t-elle avec un sourire féroce.

— Comment vas-tu ? répéta-t-il.

— Je suis à deux doigts d'exploser.

— Je suis sûr que non.

— Et moi, je t'affirme le contraire.

— Tu ne vas pas exploser, Trinity, déclara-t-il d'un air sérieux.

Ils furent interrompus par un homme venu présenter ses condoléances.

Comme il s'éloignait, elle reprit :

— Je ne comprends pas pourquoi tout le monde prétend qu'il était merveilleux et que sa mort les a surpris. Je les ai prévenus que ça finirait par arriver, poursuivit-elle avec colère, mais personne ne m'a écoutée. Quand reprends-tu l'avion ?

— Dans quelques heures.

— On pourrait retourner dans ma chambre.

— Ce serait déplacé.

— Un play-boy qui a des scrupules, se moqua-t-elle. Comme c'est touchant !

— Si ce n'était pas l'enterrement de ton frère, je…

Ivre de rage, il fut incapable de terminer sa phrase. Le comportement de Trinity était impardonnable. Et dire qu'il avait été assez idiot pour envisager de la prendre pour femme !

Serrant les poings, il faillit lui dire le fond de sa pensée, mais renonça. Il valait mieux avoir cette conversation en privé. Lui faire des reproches au milieu de cette foule n'était pas une bonne idée. D'autant que Diane se dirigeait vers eux…

— Nous avons décidé d'inviter quelques personnes à la maison, annonça-t-elle.

— Je croyais que vous aviez organisé la cérémonie à l'hôtel pour éviter ce genre de choses ?

— Ton père pense que c'est une bonne idée. J'ai besoin que tu ailles préparer les boissons et les verres et…

— Je n'irai pas à la maison, la coupa-t-elle.

— Trinity, objecta Diane avec un sourire de façade, tu vas aller accueillir les…

— Je te l'ai déjà dit, je passerai la nuit à l'hôtel. Je refuse de…

— Grandis un peu ! l'interrompit sa mère. Cesse de faire l'enfant et montre un peu de respect pour ton frère.

Tournant les talons, elle s'éloigna sans un regard en arrière.

— Je te ramène, déclara froidement Zahid.

Trinity était allée trop loin. La perte de son frère devait l'affecter, mais sa réaction était impardonnable. Elle avait des devoirs envers sa famille, et elle ne pouvait pas les ignorer.

Les joues rouges et les yeux étincelants de colère, elle ne dit pas un mot comme il la prenait par la main pour l'entraîner à l'extérieur.

— Ce sera fini dans quelques heures, dit-il en montant en voiture.

— Non, ça ne finira jamais.

Le chauffeur se gara devant la maison et Zahid l'aida à sortir du véhicule. La pâleur de ses joues le frappa immédiatement. Elle était aussi blanche qu'une morte.

— Finissons-en, dit-elle en entrant.

D'un commun accord, Zahid se chargea des boissons comme elle sortait les verres du vaisselier.

Son portable sonna soudain et il décrocha. C'était Diane. Elle avait visiblement décidé qu'il valait mieux l'appeler pour éviter une autre dispute.

— Pourriez-vous demander à Trinity de préparer la chambre d'amis ?

Il relaya sa demande et Trinity acquiesça sans un mot. Montant l'escalier, elle s'arrêta devant le placard et en sortit des serviettes de bain.

— Comment ose-t-elle ?

Zahid perdit patience. Cette fois, c'en était trop ! Les Foster pouvaient se montrer désagréables, manipulateurs et cupides, mais Trinity se comportait comme une enfant gâtée. Vraiment, il attendait mieux de sa part.

— Pour une fois dans ta vie, pourrais-tu faire ce qu'on te demande ? lâcha-t-il. Ta mère vient de perdre son fils.

Le bruit de voitures se garant dans l'allée et de la porte d'entrée qui s'ouvrait lui parvint, mais Trinity l'ignora. Elle était incapable de se retenir une minute de plus… pas après tout ce qu'elle avait enduré.

— Elle a perdu davantage, rétorqua-t-elle avec force. Comment ose-t-elle prétendre qu'il ne s'est rien passé ? Comment ose-t-elle me demander de préparer la chambre d'amis tout en sachant ce qui s'est passé cette nuit-là ? hurla-t-elle.

— De quelle nuit parles-tu ?

— La nuit où tu m'as laissée ici ! répondit-elle d'une voix brisée.

Emu par sa détresse, Zahid comprit enfin. Tout s'expliquait : sa colère à l'hôtel et sa pâleur en entrant dans la maison.

Fronçant les sourcils, il se rappela soudain Diane lui demandant de préparer la chambre d'Elaine et Clive et les doigts de Trinity serrant les siens comme il montait en voiture.

Dieu du ciel, il se souvenait même de l'heure. Il était 23 h 10 quand il avait abandonné Trinity à son sort…

— Le mari de ma tante, ajouta-t-elle dans un souffle, il m'a violée après ton départ.

8.

Zahid s'efforçait de rester calme. Il devait à tout prix garder le contrôle de ses émotions, sans quoi il risquait de s'emporter et de causer un scandale le jour de l'enterrement de Donald.

— Tu dois le dire à tes parents, déclara-t-il d'une voix ferme. Il faut qu'ils comprennent pourquoi tu réagis de cette façon lors des réunions familiales.

— Ils sont déjà au courant.

L'espace d'un instant, il fut incapable de réfléchir. Une rage froide l'envahit et il serra les poings.

La voix de Diane lui parvint, très lointaine.

— Zahid, votre chauffeur dit qu'il est temps de partir.

— Tu dois prendre ton avion. Je t'en prie, ne dis rien, le supplia-t-elle. Ce sont les funérailles de mon frère.

Ça n'avait aucune importance. Il était aveuglé par la colère.

— Ne me rends pas les choses plus difficiles, ajouta-t-elle dans un souffle.

L'attirant à lui, il la fit sortir de la chambre et l'enlaça un instant.

Elle ne devait pas rester ici. Non, vraiment, il ne pouvait pas la laisser avec ces monstres !

— D'habitude, c'est le moment que tu choisis pour me demander de t'emmener.

— Tu refuses toujours.

— Pas cette fois-ci.

Peu importait la réaction de sa famille ou de la

population, Trinity l'accompagnerait à Ishla. Il était hors de question de l'abandonner, même si sa présence risquait de compliquer la situation avec la princesse Sameena et avec Sheikha Kumu.

Bien sûr, il pouvait repousser son retour pour épauler Trinity, mais la perspective de rester une minute de plus avec les Foster lui était insupportable.

Malgré lui, son regard se posa sur Clive et il serra les poings. S'ils ne partaient pas rapidement, il allait finir par faire un esclandre.

— Tu viens avec moi, affirma-t-il d'un air sérieux.

— Je ne peux pas partir comme ça ! protesta-t-elle.

Zahid l'observa. Elle se mordait les lèvres d'un air anxieux. De toute évidence, elle s'inquiétait de la réaction de ses parents et des autres invités, mais pas lui. Seule comptait Trinity.

— Bien sûr que si. Je refuse de t'abandonner. Ne t'inquiète pas, je m'occupe de tout, affirma-t-il en lui prenant la main.

Ils descendirent l'escalier et rejoignirent ses parents.

— Je réalise que le moment est mal choisi, mais j'ai décidé de ramener Trinity à Ishla avec moi.

— Pardon ?

— J'aurais aimé vous laisser plus de temps, mais mon avion nous attend.

Gus ouvrit la bouche pour protester, mais Zahid lui adressa un regard noir.

S'il s'efforçait de rester poli et courtois, il ne tolérerait aucun refus. Gus devait l'avoir compris, car il hocha la tête sans un mot.

Sans perdre une seconde, il regagna sa voiture et retourna à l'hôtel pour prendre la valise de la jeune femme.

— Je n'ai pas emporté grand-chose. Le reste de mes affaires est toujours en Amérique.

— Ce n'est rien.

— Et mon travail ?

— Je les appellerai. Dis-moi simplement où tu travailles.

— Au Beach Bar, répondit-elle, mais ils ne devraient pas poser de problème. Je ne suis qu'une remplaçante.

— Je croyais que…

Il s'interrompit en fronçant les sourcils. Ces dernières semaines, il avait passé des dizaines de coups de fil pour découvrir dans quelle bibliothèque elle travaillait. De toute évidence, Trinity lui avait menti. Pourquoi ?

Comme ils montaient à bord de son jet privé, il avisa soudain qu'il ne savait presque rien d'elle.

— Que va dire ton père ? demanda-t-elle, le tirant de ses pensées.

— Ne t'inquiète pas pour ça.

D'ordinaire, il le prévenait quand il amenait un invité. Quelque chose lui disait pourtant que cette fois, il valait mieux en discuter avec lui, d'homme à homme.

L'appareil décolla et Trinity se pencha pour regarder par le hublot. Il en profita pour l'observer.

Il était prêt à tout pour la protéger. Sa décision risquait de lui coûter cher, mais il n'avait pas le choix. Il avait besoin de la savoir en sécurité.

— Tu veux quelque chose à boire ou à manger ? proposa-t-il pour briser le silence.

— Non.

— Tu veux t'allonger ?

— Non, répondit-elle en se dirigeant néanmoins vers la chambre aménagée à l'arrière. Je veux que tu m'aides à oublier, affirma-t-elle en enlevant son haut.

— Trinity, déclara-t-il en la rejoignant, il faut que tu comprennes que quand nous serons à Ishla, nous ne pourrons pas…

— J'ai besoin de penser à autre chose, le coupa-t-elle en continuant à se déshabiller.

— Le sexe ne va rien arranger.

— Tu as tort.

— Je sais ce que je dis. Depuis combien de temps

n'as-tu pas dormi ? s'enquit-il en notant les cernes noirs sous ses yeux.

Trinity le dévisagea un instant avant de détourner le regard.

— Installe-toi, ordonna Zahid en soulevant la couverture.

— Je suis nue, fit-elle remarquer.

— Si ça te pose un problème, je peux demander à l'hôtesse de t'apporter un pyjama.

— Ça ne me pose aucun problème, rétorqua-t-elle, visiblement vexée par son manque de réaction.

— Parfait. Dors, ajouta-t-il en refermant la porte.

Quelques minutes plus tard, elle sortit de la cabine. Heureusement, elle avait pris la peine d'enfiler un peignoir.

— Je peux avoir quelque chose à boire ?

— Appuie sur le bouton près du lit.

— Je n'ai pas envie d'appuyer sur le bouton.

Comme il continuait à l'ignorer, elle poussa un soupir et regagna la chambre.

Quelques instants plus tard, une hôtesse vint lui apporter un verre d'eau pétillante.

Fermant les yeux, Zahid s'efforça de se détendre, mais son repos fut de courte durée.

— Il y a un drôle de bruit, affirma-t-elle, comme des cliquetis.

— C'est normal, nous sommes dans un avion, rétorqua-t-il en se passant la main dans les cheveux. Retourne au lit.

— Je n'arrive pas à dormir, protesta-t-elle avant de s'exécuter.

Cinq minutes plus tard, elle était de retour.

— Je n'ai pas de ceinture. Que…

— Je vais t'en donner une, dit-il en la rejoignant et en la jetant pratiquement sur le lit.

— En cuir ? s'enquit-elle avec un sourire coquin.

— Je peux faire mieux que ça, annonça-t-il en s'allongeant à ses côtés.

Il l'attira à lui et la prit dans ses bras.

— Dors, ordonna-t-il.

— Je ne peux pas. Chaque fois que je ferme les yeux…

Secouée de tremblements, elle n'acheva pas sa phrase.

Ses sanglots étaient si violents qu'une hôtesse inquiète vint frapper à la porte pour s'assurer qu'ils n'avaient pas besoin d'aide.

— Elle va bien, affirma Zahid, et la jeune femme s'éloigna.

— Je n'ai pas de mouchoir, se plaignit Trinity.

— Tu en as un juste ici, dit-il en plaçant le drap dans sa main.

Lui caressant doucement les cheveux, il s'efforça de la consoler.

— Je lui ai donné de l'argent, murmura-t-elle. Si je ne l'avais pas fait, il…

— Je lui en ai donné aussi, la coupa-t-il. Il m'a appelé pendant sa lune de miel pour me dire qu'il ne pouvait pas payer ses factures. Si tu as besoin d'un bouc émissaire, je suis ton homme.

— C'est moi qui ai payé sa lune de miel, reprit-elle. Toutes mes économies y sont passées.

— Moi aussi, j'ai payé sa lune de miel… comme tes parents et ceux d'Yvette.

Elle pleura longuement, mais finit par s'assoupir entre ses bras.

Il envisagea un instant de la laisser seule, mais renonça. Il n'avait pas beaucoup dormi ces dernières semaines. Trinity lui manquait trop. A présent qu'elle était allongée contre lui, il pouvait enfin s'abandonner au sommeil.

Elle s'éveilla quelques heures plus tard.

— J'ai froid, se plaignit-elle.

L'enlaçant plus étroitement, il remonta la couverture sur eux.

— Dors, ordonna-t-il.

Ils n'atterriraient pas avant plusieurs heures et ils avaient tous deux besoin de repos.

— Je suis réveillée, enfin plus ou moins. Je t'ai fait des avances ?

— Oui, sourit-il.

Son expression changea rapidement comme il songeait à ce qu'elle lui avait confié.

— Trinity…

— Je n'ai pas envie d'en parler, rétorqua-t-elle. S'il te plaît…

— D'accord.

Lui raconter son histoire n'avait pas dû être facile, et il n'avait aucune envie d'ajouter à sa peine.

— Ma présence ne risque-t-elle pas de te causer des problèmes ?

— Sans doute…

C'était peu dire…

— C'est mon anniversaire dans quelques jours.

— Il y aura une fête ?

— Non, mais mon père va organiser plusieurs dîners pour m'aider à choisir mon épouse.

— Choisis-moi, dit-elle en levant la main comme une élève impatiente d'être interrogée par le professeur.

Il éclata de rire et elle le dévisagea avec attention.

— Tu ne ris pas souvent.

— Toi non plus, rétorqua-t-il en prenant sa main. Tu serais prête à me servir sans poser de questions ?

— Non.

Elle tenta de le faire lâcher prise, mais il refusa.

— Promets-tu de faire ton devoir en mon absence ?

— Non, souffla-t-elle.

— Et je n'ai pas besoin de te demander si tu m'obéiras, continua-t-il comme il la relâchait.

Elle se tourna vers lui, les larmes aux yeux.

— Plus je me rapproche de toi, plus je t'apprécie.

— Plus je me rapproche de toi, moins j'arrive à réfléchir.

— Je pourrais être ta maîtresse.

— Je ne prendrai jamais de maîtresse, déclara-t-il d'un ton sérieux. C'est pour ça que je ne viendrai pas au baptême.

Il s'interrompit et plongea son regard dans le sien. Il s'inquiétait tant pour elle…

— Tu aimerais devenir la maîtresse de quelqu'un ?

— Je plaisantais, Zahid.

Tout ce qu'elle voulait était de lui appartenir, mais c'était impossible.

— Comment vas-tu choisir ton épouse ? demanda-t-elle.

— Je respecterai le souhait de mon peuple.

Choquée par sa réponse, elle se coucha sur le dos, le regard fixé sur le plafond.

Elle n'aimait pas l'entendre parler ainsi. Cette approche froide et calculée ne lui ressemblait pas.

— Tu ferais un mariage de raison, mais qu'en est-il de l'amour ?

— L'amour est pour les idiots et le commun des mortels, pas pour les rois.

— Je te remercie ! dit-elle, vexée.

Avisant son sourire narquois, elle reprit :

— Dans ce cas, je fais partie des idiots et du commun des mortels.

— Je ne parlais pas de toi.

— Bien sûr que si. Tu considères que les sentiments sont indignes d'un futur roi.

— Je t'explique simplement comment ça se passe dans mon pays, rétorqua-t-il, nullement impressionné par ses reproches. Les choses seront différentes entre nous quand nous arriverons à Ishla. Je vais demander qu'on nous apporte des rafraîchissements. Tu devrais t'habiller, nous allons bientôt arriver, conclut-il en se redressant.

Il ne pouvait pas lui parler de la maladie de son père ou des circonstances de la naissance de Layla. S'il se confiait à elle, il risquait de s'attacher ou de lui donner de faux espoirs. Non, vraiment, il valait mieux prendre ses distances pour leur bien à tous les deux.

— Je sais bien que ce sera différent, mais nous ne sommes pas encore à Ishla, affirma-t-elle comme il atteignait la porte.

Malgré lui, Zahid hésita. Il aurait dû sortir de la cabine, mais il en était incapable. Il avait besoin d'elle… une dernière fois.

Il se déshabilla à la hâte et la rejoignit entre les draps.

— Merci, souffla-t-elle.

— Je n'ai encore rien fait.

— Tu me rends heureuse. Je ne devrais pas l'être aujourd'hui mais, grâce à toi, je le suis.

— Tu mérites d'être heureuse, affirma-t-il.

Trinity avait le don de lui donner le sourire en n'importe quelle occasion et il aurait aimé pouvoir lui rendre la pareille.

Doucement, il prit ses lèvres et l'embrassa, approfondissant son baiser pour savourer le ballet de sa langue contre la sienne.

Ivre de joie, Trinity s'accrocha à lui comme il lui caressait les seins et le ventre. Elle roula sur le dos et Zahid la pénétra lentement, le regard dans le sien comme pour s'assurer qu'elle allait bien.

— Tu n'as pas à te montrer prudent, souffla-t-elle.

Il serra les lèvres et elle sut qu'elle avait vu juste. Zahid souffrait pour elle et craignait de lui faire du mal. Elle avait pourtant besoin qu'il la traite comme avant. C'était la dernière fois qu'ils feraient l'amour et elle ne voulait pas que ça se passe ainsi.

— Ne te retiens pas, murmura-t-elle.

Il s'était toujours montré honnête et elle n'avait aucune envie que cela change. De toute évidence, il était en colère, exactement comme elle, et il en avait le droit. Comme il avait le droit d'exprimer ses émotions en sa présence.

— Je t'en prie, ne te retiens pas avec moi.

Il s'introduisit plus profondément en elle et accéléra ses mouvements, chaque assaut plus puissant que le précédent. Trinity poussa un gémissement et noua les jambes autour de ses hanches comme une vague de plaisir montait en elle, manquant la faire défaillir. C'était aussi merveilleux que la première fois !

Le corps de Zahid se tendit soudain et Trinity laissa enfin la jouissance les emporter tous les deux.

— Tu avais raison, dit-il en l'embrassant. Je me considère comme plus fort que mes sentiments.

Trinity fronça les sourcils et il lui fallut plusieurs minutes avant de comprendre.

La sonnerie annonçant leur arrivée retentit et Zahid s'écarta à regret. Il était temps de se séparer, même s'il n'en avait pas envie.

Evitant son regard, il s'habilla rapidement et Trinity l'imita.

Comme il enfilait sa djellaba et son kafia, il surprit l'expression de son visage. C'était la première fois qu'elle le voyait en tenue traditionnelle.

— Je… Je ne sais pas quoi dire. Tout semble soudain très réel.

— Je ne te rends pas les choses faciles, rétorqua-t-il, mal à l'aise.

Il avait été incapable de la laisser chez les Foster après ce qui s'était passé, mais la ramener avec lui n'était vraiment pas une bonne idée.

— Je ne veux pas rencontrer les femmes que tu…

— Je sais, la coupa-t-il.

Inutile de le nier, elle était jalouse… mais également curieuse. Elle avait besoin d'en savoir plus.

— Ton épouse doit-elle être vierge ? ne put-elle s'empêcher de demander.

— Trinity, il faut regagner nos sièges, dit-il d'un ton sans appel.

Vraiment, il n'avait aucune envie de parler de sa future femme avec elle.

— Tu refuses de répondre à ma question ?

Il soupira, mais expliqua néanmoins :

— Elle doit se préserver pour moi.

Il voulut ouvrir la porte, mais Trinity le retint.

— C'est ce que j'ai fait, déclara-t-elle.

Ses baisers et ses caresses avaient bouleversé son

existence. Il méritait de savoir qu'il avait changé sa vie en lui offrant ce cadeau merveilleux.

— Il n'y a eu personne d'autre à part…

— Arrête, ordonna-t-il. Ne parle pas de ce salaud. Ce qu'il t'a fait ne compte pas, pas dans le pays que je dirige.

Il hésita un instant, ignorant quoi penser.

— La femme avec qui j'ai fait l'amour cette nuit-là semblait pourtant sûre d'elle, déclara-t-il.

— Tu te trompes. Je n'ai jamais réussi à aller jusque-là avant toi, avoua-t-elle en baissant les yeux. Je sais que je peux te sembler entreprenante, mais tu es le seul avec qui je flirte aussi ouvertement.

— Tu aurais dû me le dire. J'aurai agi différemment !

— Je le sais !

La sonnerie retentit de nouveau et l'hôtesse vint frapper à la porte. Zahid cria quelque chose en arabe et se tourna vers elle.

— Qu'est-ce qui se serait passé si je te l'avais dit ? Tu m'aurais repoussée, poursuivit-elle comme il restait silencieux.

— Tu aurais dû me le dire, insista-t-il.

— Non. Tu aurais refusé de me faire l'amour. Et je sais que ça n'arrivera plus, dit-elle comme il ouvrait la bouche, mais je ne regrette pas ce qui s'est passé entre nous. De toute façon, ça ne change rien.

Zahid l'observa en silence. C'était tout le contraire. Trinity ignorait à quel point elle se trompait…

9.

Trinity se pencha vers le hublot pour observer le paysage. Ishla ne ressemblait pas à l'idée qu'elle s'en était faite. Des villages anciens côtoyaient des immeubles modernes situés dans la péninsule, mais c'était le palais qui attirait tous les regards.

— C'est magnifique, souffla-t-elle.

L'avion descendit et se posa sur le tarmac, l'arrachant à ses réflexions.

Sans perdre une seconde, ils débarquèrent et prirent la voiture qui les attendait à l'aéroport. Le chauffeur se mit immédiatement en route en jetant de fréquents coups d'œil dans le rétroviseur.

La scène se répéta au palais, quand les servantes découvrirent qu'il avait amené une étrangère habillée de noir. Malgré elle, Trinity rougit.

Ignorant leurs regards interrogateurs, Zahid s'adressa à un homme qui hocha la tête avant de disparaître.

— C'est Abdul, l'assistant de mon père. Je lui ai demandé de préparer une suite pour toi et de prévenir mon père que je souhaitais m'entretenir avec lui. Voici ma sœur Layla, ajouta-t-il en rejoignant une magnifique jeune femme aux cheveux noirs qui les observait avec curiosité.

— Et à qui ai-je l'honneur ? s'enquit-elle comme Zahid semblait rechigner à faire les présentations.

— Trinity, dit-il sans donner davantage d'explications. Trinity Foster.

— Je suis ravie de vous rencontrer, Trinity.

— Je vais annoncer à notre père que j'ai une invitée. Tu pourrais peut-être l'aider à s'installer et lui prêter quelques vêtements, ajouta-t-il. Sa visite n'était pas prévue, et elle n'a pas eu l'occasion de faire ses bagages.

— Je m'en occupe, répondit Layla en souriant. Suivez-moi, s'il vous plaît.

Mal à l'aise, Trinity la suivit. Ils étaient tellement polis ! Layla devait avoir des dizaines de questions à lui poser, mais elle se contenta de commander du thé à la menthe.

Elles burent en silence en attendant que les serviteurs préparent sa suite.

Prenant une profonde inspiration, Zahid s'efforça de se calmer avant de rejoindre son père.

— Zahid, tu m'avais affirmé que tu n'avais aucune intention de revoir les Foster.

— Je ne parlais pas de Trinity.

— Les règles sont différentes, ici.

— J'en suis parfaitement conscient, rétorqua-t-il dans un soupir.

— Tu ne peux pas te permettre d'agir comme tu le ferais en Angleterre.

— Trinity est une amie, rien de plus.

— Tu manques de respect à ta future épouse en ramenant ta maîtresse ! protesta-t-il.

— Trinity n'est pas ma maîtresse.

Elle ne l'était plus, du moins. Il lui avait expliqué la situation dans l'avion et ils s'étaient fait leurs adieux.

— Pourquoi est-elle ici ?

— Elle avait besoin de prendre du recul. Son frère vient de mourir, expliqua-t-il, et elle ne s'entend pas avec ses parents.

— En quoi cela te concerne-t-il ?

Comme il restait silencieux, le roi reprit :

— Dis à Abdul qu'elle est venue aider Layla pour ses cours d'anglais.

— Tu me demandes de mentir ?

— Ce n'est pas un mensonge, affirma-t-il en relevant le menton. Layla apprend l'anglais à des jeunes femmes d'Ishla et ce sera à elle de s'occuper de notre invitée en ton absence. N'oublie pas que tu as un emploi du temps chargé avec tous ces dîners.

— Je vois.

— Layla aura l'occasion de progresser en discutant avec Trinity, ajouta le roi pour achever de le convaincre.

— Très bien, concéda Zahid en observant le visage de son père.

Celui-ci semblait inquiet, ce qui était normal. Après tout, il n'avait pas l'habitude de ramener des amis à Ishla et voilà qu'il débarquait au palais avec une femme.

— Ce n'est que pour quelques jours, dit-il dans l'espoir de le rassurer. Tu ne la verras même pas.

— Pourquoi veux-tu m'empêcher de la rencontrer si tu n'as rien à cacher ? demanda-t-il en plissant les yeux.

Zahid soupira. De toute évidence, son père avait l'intention de confronter Trinity et de lui demander des comptes. Il ne manquait plus que ça…

— Je la rencontrerai ce soir, pendant le dîner.

— Elle est très fatiguée…

— Dans ce cas, nous dînerons tôt. Ce n'est pas un problème, Layla se lève tôt pour ses cours demain matin…

— Vous n'avez pas à vous inquiéter, affirma Layla.

C'était facile à dire. Zahid venait de lui annoncer qu'elle dînerait avec le roi !

— Il ne s'attend sans doute pas à ce que vous fassiez la conversation.

Sa remarque narquoise fit sourire Trinity.

— Je parle trop, reconnut Layla, qui avait remarqué sa réaction. Mes questions ont le don d'horrifier mon père.

— De l'agacer, plutôt, corrigea Trinity. Zahid m'a dit

que je devais vous aider à améliorer votre anglais, ajouta-t-elle comme Layla rougissait.

— Mon anglais est parfait, répliqua-t-elle d'un ton sec. Ne me corrigez plus, à l'avenir !

Trinity grimaça. Layla était très polie tant qu'on ne s'avisait pas de la contredire.

Malgré tout, la sœur de Zahid était adorable... à sa façon.

— Essayez ça, dit Layla en lui tendant une tunique violette.

Trinity s'exécuta, mais elle était trop moulante. Non, vraiment, elle ne pouvait pas se promener à Ishla dans cette tenue !

— On oublie, affirma Layla en éclatant de rire, imitée par Trinity. Pourquoi pas celle-ci ?

Avisant son reflet dans le miroir, Trinity redevint sérieuse. Elle avait perdu beaucoup de poids ces dernières semaines, mais ses seins semblaient avoir grossi.

Se méprenant sur sa réaction, Layla déclara :

— Je suis désolée pour votre frère. Je ne supporterais pas qu'il arrive quelque chose à Zahid.

— Nous n'étions pas très proches.

— Il doit pourtant vous manquer.

— C'est vrai, reconnut-elle, même si je suis toujours en colère contre lui.

C'était étrange de se confier ainsi à Layla alors qu'elles venaient de se rencontrer. C'était pourtant infiniment plus facile de parler à une étrangère qu'à ses parents...

— Ce n'est pas la seule raison de mon chagrin, souffla-t-elle.

A son grand soulagement, Layla se contenta de hocher la tête sans poser de questions.

— C'est beaucoup mieux, dit Layla avec un sourire. Elle irait très bien avec ces pantoufles dorées ou celles décorées de pierres précieuses. Ce sont mes préférées, dit-elle.

— Les dorées sont magnifiques...

— Mais je préfère les autres, lui rappela Layla.

Trinity retint un soupir et céda. Elle était à Ishla, à présent. Il y avait des règles à suivre…

Nerveux, Zahid regarda Trinity entrer en compagnie de Layla. Elle se présenta rapidement et prit place sur un coussin.

— Mon fils m'a dit que vous viviez en Amérique.

— Je m'y suis installée il y a plusieurs années.

— Vous êtes allée à l'université ?

— J'ai obtenu un diplôme d'histoire en arts anciens.

— Tu devrais l'emmener visiter le second palais, dit-il en se tournant vers son fils. Je suis certain que la visite lui plaira. Elle pourrait peut-être commencer à inventorier les différentes pièces ?

— Trinity n'est pas là pour travailler, lui rappela Zahid.

— Je ne considère pas cela comme du travail, affirma-t-elle avec un sourire. J'ignorais qu'il y avait un second palais. Je ne l'ai pas vu quand nous avons atterri.

— Il est caché, expliqua le roi, ce dont Zahid sera reconnaissant l'année prochaine.

— Pourquoi ?

— Quand il sera marié, Zahid y vivra avec son épouse jusqu'à ce qu'il accède au trône.

Soudain mal à l'aise, Trinity prit une gorgée d'eau. La perspective de visiter le deuxième palais lui semblait beaucoup moins attirante. Non, vraiment, elle n'avait aucune envie de voir à quoi ressemblerait sa vie sans elle.

Jurant intérieurement, Zahid admira le sang-froid de Trinity. Son père essayait de la déstabiliser, mais elle ne se laissait pas faire.

— Ensuite, il emménagera ici, poursuivit Fahid.

— Vous devez installer de nombreuses portes de sécurité pour enfants, nota-t-elle en regardant autour d'elle.

— Les futurs héritiers ne vivront pas ici avant d'avoir atteint un certain âge, précisa-t-il, mais vous avez raison.

Le second palais abrite de nombreux trésors, moins précieux que ceux-ci.

— Tu devrais y emmener Trinity demain, Layla.

— J'ai rendez-vous avec mes élèves, lui rappela-t-elle.

— Ce serait vraiment une mauvaise idée de me confier l'inventaire du palais, intervint Trinity. Je n'arriverais jamais à rien. Parmi tous ces trésors, ajouta-t-elle en s'adressant au roi, vous avez des favoris ?

Zahid se tendit et s'aperçut que Layla attendait elle aussi la réponse de leur père avec angoisse.

Loin de se mettre en colère, celui-ci sourit.

— Oui. Ma femme possédait une collection d'amulettes. Elles sont conservées dans un coffret en bois.

— Elles sont dans le second palais ?

— Non. Je les ai fait installer ici bien que je n'aie pas pris le temps de les admirer depuis longtemps, avoua-t-il.

Le dîner se poursuivit, puis le roi se tourna vers sa fille.

— Il est temps de te retirer si tu veux être en forme pour tes élèves.

Zahid vit Trinity froncer les sourcils, mais elle resta silencieuse.

La remarque de son père l'avait visiblement étonnée. C'était assez naturel, du reste. Trinity était une femme indépendante qui ne se laissait pas dicter sa conduite, par qui que ce soit. Non, vraiment, elle ne supporterait jamais que ses parents lui ordonnent d'aller se coucher.

Le dîner terminé, ils prirent le café et le roi se retira, les laissant en tête à tête.

— Tu t'en es bien sortie.

— J'ignorais que c'était un test, rétorqua-t-elle sèchement.

— Je voulais simplement…, déclara-t-il avant de s'interrompre. Tu as eu une longue journée, tu es fatiguée. Tu devrais…

— Je t'en prie, ne me dis pas d'aller me coucher.

— J'allais te proposer de faire une promenade avec moi sur la plage, dit-il. Je suis certain que ça t'aiderait à te détendre.

— On en a le droit ?

Refusant de répondre, il se leva et elle le suivit. Ils sortirent du palais et il lui prit la main comme elle s'engageait sur un sentier.

— C'est par ici.

— Oh ! et où cela conduit-il ? demanda-t-elle.

Le visage de Zahid se ferma aussitôt et elle comprit. C'était l'entrée du second palais.

— Je suis désolé si mon père t'a mis en colère, mais je ne t'ai jamais menti. Je ne t'ai jamais caché la vérité, ajouta-t-il, contrairement à toi.

— Je t'ai déjà expliqué pourquoi je ne t'avais rien dit.

— Tu ne m'as raconté qu'une partie de l'histoire parce que tu as décidé que le moment était venu.

— Ça ne s'est pas passé comme ça, se récria-t-elle.

— Tu t'es vraiment montrée aussi honnête que moi ? insista-t-il en plissant les yeux.

— Qu'est-ce que je fais ici, Zahid ? s'enquit-elle en s'écartant.

Ce matin, elle avait assisté aux funérailles de son frère et, quelques heures plus tard, elle était dans ses bras, s'efforçant d'oublier la réalité. Et à présent, elle se retrouvait sur une plage d'Ishla, au beau milieu de la nuit.

— Pourquoi m'as-tu amenée ici ?

— Parce que je ne pouvais pas te laisser là-bas après ce qui s'est passé.

— Je ne peux pas me cacher ici éternellement.

— Je ne te demande pas de te cacher.

Le sable étincelait au clair de lune et, l'espace d'un instant, elle eut envie de s'élancer dans les vagues.

— On se croirait au paradis, soupira-t-elle, mais avec des chambres séparées.

Zahid plongea son regard dans le sien et elle faillit se mettre à pleurer.

Elle avait envie de se jeter dans ses bras et de lui raconter combien elle avait souffert pendant toutes ces années. Il était le seul à savoir la consoler. Elle ne pouvait cependant pas se résoudre à lui ouvrir son cœur et à se confier à lui.

Qui sait comment il réagirait si elle lui avouait que ses règles avaient du retard ? Ce n'était pas comme s'ils pouvaient aller acheter un test de grossesse. Le roi n'approuvait pas sa présence. Il ne manquerait pas de la chasser du pays s'il découvrait qu'elle était peut-être enceinte !

— Qu'est-ce que tu veux ? s'enquit doucement Zahid.

— Je veux me réveiller et t'avoir oublié, répondit-elle, que même le son de ta voix me soit insupportable.

— Je veux la même chose, affirma-t-il avec un sourire. Tu devrais peut-être commencer par me critiquer en permanence.

— A condition que tu te mettes à pêcher et que tu m'en parles durant des heures.

Ils éclatèrent de rire et reprirent leur promenade en veillant à garder leurs distances.

10.

En s'éveillant ce matin-là, Zahid trouva une enveloppe glissée sous sa porte. Elle était signée Trinity.

Aussitôt, la mauvaise humeur le gagna. Si Trinity se comportait comme une invitée modèle, elle rechignait à suivre le protocole du palais.

Elle n'aurait pas dû se promener dans les couloirs pendant la nuit, et surtout pas à proximité de sa chambre.

Les sourcils froncés, il parcourut la carte improvisée dans laquelle elle lui souhaitait un joyeux anniversaire. Elle s'était contentée de signer et d'ajouter un smiley et « il ne vaut mieux pas » au lieu d'écrire « je t'embrasse » juste au-dessous de son nom. Elle l'avait également représenté, une canne à pêche à la main. Malgré lui, il sourit.

Comme il enfilait sa tenue militaire, son regard tomba sur la carte sur sa table de nuit. Il ignorait ce qu'il devait en faire. S'il la laissait là, un membre du personnel la jetterait à la poubelle en nettoyant sa chambre ; s'il la conservait dans un tiroir, elle deviendrait un souvenir de Trinity et de ce qu'ils avaient partagé.

Indécis, il mit ses bottes et glissa la carte dans sa poche. Il réglerait ce problème plus tard.

En se dirigeant vers le bureau de son père, il croisa Trinity.

— Joyeux anniversaire, capitaine ! dit-elle avec un sourire moqueur.

Plusieurs mètres les séparaient mais, l'espace d'un instant, il eut l'impression de se retrouver sur la piste de danse, lors du mariage. Trinity flirtait avec lui. Ce n'était pourtant pas une bonne idée.

— Je te remercie pour la carte, mais tu n'aurais pas dû t'approcher de ma chambre.

— Je ne le ferai plus, promit-elle en haussant les épaules.

Il acquiesça et se remit en marche, mais s'immobilisa soudain comme elle se mettait à siffler.

Il faillit éclater de rire, puis s'éloigna sans un regard en arrière. Le comportement de Trinity était inadmissible. Il ne fallait surtout pas l'encourager.

— Où est Layla ? demanda-t-il en entrant dans le bureau de son père.

— Elle est en retard.

Trinity frappa à la porte de la chambre de Layla et Jamila, sa servante, la fit entrer.

— J'ai reçu votre message, dit-elle. Vous vouliez me parler ?

— J'aimerais que vous vous joigniez à moi pour mon cours d'anglais.

— J'en serais ravie.

— Il aura lieu demain, précisa-t-elle comme Jamila mettait la touche finale à son maquillage et à sa coiffure.

— C'est entendu.

Ça ne pouvait pas mieux tomber. Elle avait besoin d'une distraction car le dîner entre Zahid et la princesse approchait.

— Venez avec moi, ordonna Layla.

Trinity se retint de sourire. Layla était tellement habituée à obtenir ce qu'elle voulait qu'on ne pouvait pas lui reprocher sa façon de la commander.

Hochant la tête, elle la suivit et Layla lui parla de ses élèves et de l'organisation des cours.

— Je peux joindre presque toutes les écoles puisque ce sont des cours par webcam. J'aime énormément rencontrer ces jeunes filles et nous nous amusons beaucoup, avoua-t-elle avec un sourire. Elles sont très excitées à l'idée de parler à une véritable Anglaise.

— Je suis impatiente de les rencontrer, moi aussi.

— Elles posent tellement de questions ! soupira Layla. Certaines sont assez compliquées.

— Que voulez-vous dire ?

— Vous verrez, dit-elle, les joues rouges. Nous ferions mieux de nous dépêcher, ajouta-t-elle, je suis en retard et mon père risque de se mettre en colère.

— Ton invitée compte rester longtemps ? demanda le roi après qu'une servante l'eut informé que Layla discutait avec Trinity.

— Je ne sais pas, répondit-il, ignorant le regard surpris d'Abdul.

— Je te rappelle que c'est ton anniversaire aujourd'hui et le début des travaux dans le second palais. La population va bientôt découvrir que leur prince envisage de se marier, ajouta-t-il en se tournant vers son fils.

Zahid demanda à Abdul de les laisser avant de parler.

— J'aimerais reporter les dîners.

— C'est impossible, rétorqua son père. La princesse Sameena et sa famille arrivent demain. Pourquoi veux-tu faire une chose pareille ? s'enquit-il en plissant les yeux.

— J'ai envie de passer plus de temps avec Trinity, expliqua-t-il calmement.

— Avant de t'engager à épouser une femme convenable ? insista-t-il. Je n'ai pas besoin de te rappeler que Trinity Foster ne sera jamais reine. Le peuple ne l'acceptera jamais.

— Je souhaite juste passer plus de temps avec elle.

Il voulait lui donner l'occasion de découvrir Ishla et de s'y habituer. Peut-être apprendrait-elle même à aimer son pays ? Ils pourraient ensuite aller en Angleterre et voir si leur couple avait une chance de fonctionner ou s'il était voué à l'échec.

Se rappelant leur conversation de la veille et la carte glissée dans sa poche, il faillit sourire.

— Tu sais que je ne prends jamais de décision à la légère.

— Tu risques de vexer la princesse et sa famille, déclara son père d'un air sérieux.

— J'en suis conscient, rétorqua-t-il, la gorge nouée.

Il ne voulait surtout pas causer du tort à son pays.

— Si tu reportes ces dîners, je me verrai dans l'obligation d'inviter les Fayed dimanche prochain, car je veux célébrer un mariage dans les mois à venir.

— Père…, l'interrompit Zahid en avisant l'expression d'horreur sur le visage de Layla qui venait d'entrer.

— Hassain sera présent lui aussi, car je veux discuter avec l'homme qui épousera ma fille, poursuivit Fahid, imperturbable.

— Non ! s'écria Layla.

— Layla.

Zahid s'élança à sa poursuite, mais celle-ci s'était réfugiée dans les bras de Trinity.

— Que se passe-t-il ? demanda celle-ci.

— Ce n'est rien, affirma-t-il avant de s'adresser à sa sœur. Layla, tu n'as entendu que la fin de la conversation. Je t'expliquerai plus tard, mais il faut que tu te calmes et que tu m'accompagnes sur le balcon.

— Je n'irai pas ! le prévint-elle entre deux sanglots.

Abdul les rejoignit et annonça que le roi les attendait.

— Tu ne peux pas me forcer à y aller.

— Ça suffit, Layla ! dit-il d'une voix forte. Tu vas faire ton devoir. Nous discuterons plus tard.

Ignorant le regard de reproche de Trinity, il prit le bras de sa sœur et l'accompagna sur le balcon.

Contrairement à Trinity, Layla se tint à ses côtés, humble et docile, mais terrorisée par ce que l'avenir lui réservait. Malgré lui, sa réaction l'émut profondément.

— Tu as dit que je ne devais pas m'inquiéter, déclara-t-elle comme ils retournaient à l'intérieur.

Elle faillit continuer, mais renonça comme leur père les rejoignait.

— J'ai besoin d'une réponse, Zahid.

— Je t'ai dit que je ne prenais pas de décision à la légère, soupira-t-il, irrité par son insistance.

Le reste de la journée n'améliora pas son humeur. Il déjeuna avec le chef des armées et passa les troupes en revue avant de rejoindre Trinity et sa famille pour le dîner. Layla avait les yeux rouges et refusait de le regarder. Quant à Trinity, elle était étonnamment silencieuse.

Après le repas, elle retourna dans sa chambre et Zahid en profita pour parler à Layla.

— J'ai demandé à notre père de reporter les dîners pour que je puisse passer plus de temps avec Trinity, annonça-t-il.

— Tu l'aimes ? s'enquit Layla en fronçant les sourcils.

De toute évidence, elle ne s'imaginait pas qu'il puisse s'intéresser à autre chose qu'à l'avenir du pays !

— Tu t'y mets aussi, dit-il en levant les yeux au ciel. Comment veux-tu que je réponde à ta question alors que j'essaye de faire ce qui est le mieux pour notre peuple, pour Trinity et pour toi ?

— Tu l'aimes, affirma-t-elle, sinon tu ne l'aurais pas ramenée ici et tu n'aurais jamais demandé à père de repousser les dîners.

— Dans d'autres pays, les gens prennent le temps d'apprendre à se connaître avant de se marier et…

— Tu perds ton temps, affirma-t-elle sèchement. Je ne serai jamais désolée pour toi. Je sais qu'en tant que futur roi, tu te dois de faire un mariage de raison, mais tu as eu la chance de connaître l'amour. Tu as goûté à la liberté avant de fonder une famille, ajouta-t-elle, les larmes aux yeux. N'essaye pas de me faire croire que ta vie est injuste ou compliquée alors que je vais devoir épouser Hassain et passer le restant de mes jours avec lui !

Eclatant en sanglots, elle sortit de la pièce en courant. Zahid envisagea un instant de la poursuivre, mais renonça. Il avait besoin d'aller marcher un peu pour se détendre.

Comme il se promenait, un bruit attira son attention. Il venait de la chambre de Trinity. De toute évidence, elle n'arrivait pas à dormir.

Il voulut s'éloigner, mais s'arrêta soudain en la voyant inspecter les alentours avant d'enjamber le châssis.

— Tu n'utilises jamais les portes ?

Elle sursauta et se tourna vers lui.

— J'avais envie de prendre l'air.

— Pourquoi es-tu passée par la fenêtre ?

— Je ne savais pas si j'avais le droit de sortir.

— Tu n'es pas en prison, lui rappela-t-il.

— Ce matin, tu m'as dit que je ne devais pas déambuler dans les couloirs pendant la nuit.

— Tu ne devrais pas te promener près de ma chambre, expliqua-t-il.

— Oh ! je t'en prie. Ce n'est pas comme si j'allais entrer et me jeter sur toi.

Elle avait pourtant été tentée de le faire, mais ça, il n'avait pas besoin de le savoir…

— Il y a tant de règles à respecter, reprit-elle, les joues rouges. J'ai toujours peur de faire quelque chose de mal.

— Sois toi-même, lui conseilla-t-il.

— Tu peux parler, rétorqua-t-elle. Je t'ai à peine reconnu quand tu t'en es pris à Layla, ce matin.

— Elle était en colère. C'était la seule façon de la calmer.

— Peut-être, concéda-t-elle avant de plonger son regard dans le sien. En tout cas, ça m'a permis de réaliser que je ne te connaissais pas du tout.

Comme il restait silencieux, elle demanda :

— Quelqu'un te connaît-il vraiment ?

— Que veux-tu savoir ?

— Je veux savoir ce que tu penses et ce que tu ressens, à moins que tu ne considères que les sentiments sont indignes de toi.

— Je n'ai pas été tout à fait honnête avec toi, reconnut-il. J'aurais dû te donner plus d'explications au lieu de prétendre que ta famille et ton passé étaient les seules raisons qui nous empêchaient d'être ensemble. C'est plus compliqué que ça.

— En effet, car même si nous pouvions être ensemble, je ne suis pas sûre que je…

Il attendit qu'elle continue, en vain. Comme elle se contentait de hausser les épaules, il décida de lui parler de sa famille.

— Mon père devait épouser Raina, la princesse héritière d'une nation voisine. Leur mariage aurait permis de rapprocher nos deux pays et d'assurer le développement économique d'Ishla.

— Qu'est-ce qui s'est passé ?

— Il a rencontré ma mère. Elle avait pleuré parce qu'elle craignait d'être choisie par le futur roi et d'être enfermée dans un mariage sans amour, expliqua-t-il. Elle a changé d'avis en le voyant. Mon père m'a dit qu'il avait pris sa décision à l'instant où elle lui avait souri.

— Je suppose que ça a causé des problèmes ?

— Tu ne crois pas si bien dire, rétorqua-t-il. Les relations entre nos deux pays sont toujours tendues aujourd'hui, mais la situation pourrait s'améliorer si je choisis Sameena, la fille de Raina, ajouta-t-il.

— Il t'arrive donc de mentir ! lança-t-elle avec un rire sans joie. Tu m'as dit que tu n'avais pas encore pris ta décision.

— C'est le cas. Je préférerais choisir l'héritière d'un pays qui a une grande armée…

— Ça ne m'intéresse pas, le coupa-t-elle.

Non, vraiment, elle n'avait aucune envie de l'entendre parler de sa future femme, mais elle voulait en savoir plus sur le mariage de ses parents.

— Ils étaient heureux ?

— Oui, mais le peuple a souffert de leur choix, précisa-t-il d'un air sérieux. Ma mère est morte quelques années plus tard et mon père ne l'a pas supporté. Il ne quittait plus son lit et ne s'intéressait plus à rien. Dieu seul sait ce qui se serait passé si notre pays avait été attaqué, ajouta-t-il avec une grimace. Voilà pourquoi je veux faire un mariage sans amour. L'amour a le pouvoir de détruire les hommes.

— Je doute que ça t'arrive un jour.

— Je croyais que mon père était plus fort que ça, mais je me trompais. Je ne pourrais jamais épouser une femme qui a autant de pouvoir sur moi, conclut-il en plongeant son regard dans le sien.

Trinity soupira. Zahid venait de lui avouer qu'il l'aimait, mais sa remarque la troublait.

— Si je comprends bien, tu veux une Diane ?

— Pardon ?

— Une épouse qui se tient à tes côtés en toutes circonstances et obéit sans poser la moindre question, un sourire plaqué sur le visage.

Il la prit par le bras.

— Ne me compare pas à…

Elle releva le menton, attendant visiblement qu'il continue, mais il n'en fit rien.

Même s'il n'appréciait pas ses parents, il ne pouvait pas les insulter de la sorte.

— Je ne veux pas de ce genre d'épouse, reprit-il plus calmement.

— Tu m'as pourtant dit que tu souhaitais une femme prête à t'obéir et à te servir sans poser de questions, dit-elle d'un air de défi. C'est exactement ainsi que se comporte ma mère.

— Ton père a commis de nombreuses erreurs.

— Et toi, ça ne t'arrivera jamais ? demanda-t-elle d'un air moqueur. Je suis certaine que si on lui posait la question, mon père répondrait qu'il a toujours fait ce qu'il y avait de mieux pour sa famille. Mais s'il l'aimait vraiment, il ne l'aurait pas trompée. Je suis convaincue qu'il la rend responsable de ce qui m'est arrivé, ajouta-t-elle dans un souffle. Après tout, Clive est le mari de sa sœur.

Elle s'interrompit un instant pour reprendre le contrôle de ses émotions.

— Je n'ai pas envie d'être avec un homme qui prétend m'accepter comme je suis avant de me renvoyer mon passé à la figure à la moindre contrariété, déclara-t-elle en plongeant son regard dans le sien. Nous n'avons aucun avenir ensemble, car je ne pourrais jamais t'obéir aveuglément. De plus, je n'aime pas ta façon d'envisager le mariage. Je veux vivre un amour qui consume et emporte tout sur son passage, qui fait parfois souffrir, mais vaut la peine qu'on se batte pour lui. Je veux un mari qui n'a pas peur d'exprimer ses sentiments, poursuivit-elle avec force. Et je refuse que mes enfants soient relégués dans le second palais jusqu'à ce qu'ils soient assez âgés pour emménager dans le palais principal !

— Tu ne comprends pas…

— Tu as raison, Zahid, acquiesça-t-elle avec un sourire artificiel, mais ce n'est pas grave. Si je t'épousais, je devrais me contenter d'obéir à tes ordres.

— Je serais prêt à tout pour ma famille, mais je dois suivre certaines règles qui m'imposent de protéger mon peuple.

— Je comprends, Zahid.

— Et je ne tromperai jamais ma femme.

— Je sais, Zahid.

— Arrête ça, ordonna-t-il, furieux.

— Excuse-moi, je croyais que c'était ce que tu voulais. Rappelle-moi pourquoi nous ne pouvons plus nous revoir ? demanda-t-elle soudain.

— Tu sais pourquoi.

— Tu crains de ne pas réussir à me résister, même avec ta femme à tes côtés ?

— Bien sûr que non !

— Je vois, je te donne des idées, affirma-t-elle avec un clin d'œil, avant de tourner les talons en direction du palais.

Zahid la regarda s'éloigner, les poings serrés. C'était la première fois que quelqu'un le défiait de cette façon.

Trinity avait même questionné son intégrité et, pourtant, il ne rêvait que de la rattraper et de la prendre dans ses bras. Et ensuite ? Il l'ignorait.

S'élançant à sa poursuite, il la plaqua contre le mur.

— Retire ça, ordonna-t-il.

— Que dois-je retirer ? demanda-t-elle en plongeant son regard dans le sien.

L'espace d'un instant, il fut tenté d'oublier toute prudence et de la prendre là, sur-le-champ.

Comme si elle lisait dans ses pensées, Trinity lui sourit et il perdit tout contrôle. La pressant plus étroitement contre lui, il se pencha pour l'embrasser, mais elle tourna la tête.

— Je vais me coucher, annonça-t-elle. Seule, je suppose.

— Reste.

— Non ! Je vaux mieux qu'une étreinte furtive devant le palais.

— Je ne te traiterai jamais de cette façon, affirma-t-il, vexé.

— Tu en as pourtant envie, dit-elle en lui caressant l'entrejambe.

Soudain gêné, il la relâcha et elle regagna sa suite.

De retour dans sa chambre, Trinity examina son reflet dans le miroir. Ses seins avaient légèrement grossi, mais le reste de son corps n'avait pas changé. Elle n'avait pas de nausées et se sentait en pleine forme. Pourtant, ses règles avaient du retard…

L'estomac noué, elle se souvint de la réaction de Zahid quand ils avaient abordé le sujet de sa contraception. A l'époque, sa remarque l'avait fait rire. Ce n'était plus le cas à présent, au contraire…

11.

Trinity fronça les sourcils. Layla semblait d'humeur soucieuse.

— Tout va bien ? demanda-t-elle comme Layla la faisait entrer dans son bureau.

— Si Zahid ne choisit pas d'épouse, c'est mon mariage que l'on célébrera.

— Ce n'est pas ce que vous voulez ?

Layla lui adressa un regard noir.

— Apparemment, je n'ai pas mon mot à dire.

— Layla, dit-elle en posant la main sur son épaule.

Mais celle-ci s'écarta.

— Ne faites pas ça, la pria-t-elle. Je suis en colère contre vous, même si je sais que ce n'est pas votre faute. Mais ne vous inquiétez pas, ça ne durera pas.

Trinity sourit. La franchise de Layla était rafraîchissante. Ici, personne ne faisait semblant.

— Vous voulez que je revienne demain ? proposa-t-elle.

— Non, j'ai promis aux filles qu'elles pourraient vous rencontrer et je ne veux pas les décevoir. Je leur ai dit que vous étiez là pour m'aider à améliorer mon anglais, déclara-t-elle, mais vous ne devez pas me corriger devant elles. C'était plus facile que de leur expliquer que vous étiez ici pour me gâcher la vie.

Choquée, Trinity la dévisagea un instant.

— Je me suis trompée de verbe ? demanda Layla.

— Je n'ai pas le droit de vous corriger, lui rappela-t-elle.

— Vous le pouvez, avec ma permission.

Trinity acquiesça.

— Non, c'est le bon verbe… mais je suis désolée, Layla.

— Je sais que ce n'était pas votre intention, dit-elle avec un sourire avant de la serrer dans ses bras.

Le cours débuta quelques minutes plus tard et Trinity fut rapidement submergée de questions en tout genre. Il s'agissait en fait davantage d'une conversation que d'une leçon, car Layla ne savait pas très bien ni lire ni écrire l'anglais.

— Comment une jeune fille se rend-elle à l'école en Angleterre sans chauffeur ? demanda une étudiante.

— Elle peut prendre le bus ou le train ou y aller à pied.

— Je demanderais à mon chauffeur de m'y emmener, affirma Layla, et les autres étudiantes éclatèrent de rire en imaginant leur princesse déambuler à pied dans les rues ou fréquenter les transports en commun.

— Les mariées portent-elles de l'or en Angleterre ? s'enquit une autre jeune fille.

— Elles s'habillent en blanc, répondit Trinity. C'est la tradition, ajouta-t-elle pour ne pas avoir à expliquer que certaines mariées privilégiaient d'autres couleurs.

— C'est l'heure de dire au revoir à Trinity, annonça soudain Layla, craignant visiblement d'autres questions sur le mariage.

Les élèves la remercièrent et la saluèrent, mais l'une d'entre elles demanda :

— Ma mère dit que notre prince va bientôt se marier. Princesse Layla, s'installera-t-il dans le second palais avec son épouse ?

— C'est une question personnelle, dit Layla.

— Vous avez dit que nous pourrions vous demander n'importe quoi tant que nous restions polies et parlions anglais.

Layla ferma un instant les yeux.

— La tradition veut que le futur roi vive dans le second palais avec sa femme jusqu'à ce qu'il accède au trône.

Les larmes aux yeux, Trinity s'écarta pour ne pas qu'on la voie pleurer. C'était bien trop douloureux de les écouter évoquer la future femme de Zahid.

— Je vais prendre l'air, annonça-t-elle.

— Excusez-moi un instant, déclara Layla, je reviens dans quelques minutes.

Rejoignant Trinity, elle reprit :

— Je suis vraiment désolée…

— Ce n'est pas votre faute. Il est normal qu'elles se posent des questions.

— Je suis navrée que vous ayez été forcée d'entendre ça, dit-elle en posant la main sur son épaule.

Trinity alla se promener sur la plage et en profita pour réfléchir. Zahid et elle n'avaient aucun avenir ensemble. Même s'il arrivait à la faire accepter de sa famille et de son peuple, elle serait forcée de renoncer à son indépendance et à tout ce en quoi elle croyait pour devenir son épouse. C'était impossible.

Malgré elle, ses pas la menèrent à l'entrée du second palais. Elle regarda autour d'elle, s'attendant à trouver des gardes ou des ouvriers, mais les jardins étaient déserts. Il n'y avait personne.

Le cœur serré, elle ouvrit la porte et pénétra dans le hall. Elle accorda à peine un regard au majestueux escalier de bois qui menait à l'étage supérieur. Toute son attention était fixée sur une vitrine contenant des dizaines de cadres.

Avec ses longs cheveux noirs et ses yeux sombres, Layla était le portrait craché de sa mère. Il y avait d'autres clichés représentant Annan avec son mari et le jeune Zahid. Il n'était encore qu'un bébé, mais semblait déjà très sérieux.

Comme elle passait les photographies en revue, elle réalisa quelle chance elle avait. Zahid souriait rarement… sauf quand il était avec elle.

Elle monta l'escalier et se rendit dans la chambre à coucher. Un énorme lit couvert de coussins occupait le centre de la pièce. C'était ici que Zahid ferait l'amour avec son épouse.

A cette idée, elle eut soudain l'impression d'étouffer et ouvrit les grandes fenêtres pour se réfugier sur le balcon.

— Qu'est-ce que tu fais ici ?

— Layla est avec ses élèves, répondit-elle en se frottant les yeux. J'avais besoin de réfléchir. Je sais que je ne devrais pas être là, mais la porte était ouverte.

— Elle n'est jamais verrouillée, dit Zahid en la rejoignant. Tu as pleuré.

Elle acquiesça.

— A cause de ton frère ?

— Non. Tu te rends compte que s'il n'était pas mort, on ne se serait jamais revus ? s'enquit-elle doucement, les yeux rivés sur l'océan.

— Ce n'est pas vrai. J'ai beaucoup pensé à toi ces dernières semaines, avoua-t-il. Donald m'a demandé de l'argent pour sa lune de miel le jour du mariage. J'ai refusé et proposé de le faire entrer en cure de désintoxication. Je l'ai rappelé quelques jours plus tard, ajouta-t-il, visiblement mal à l'aise, pour lui demander ton numéro. Il était dans un sale état et m'a redemandé de l'argent. Je n'aurais jamais dû accepter, mais…

— Arrête, ordonna-t-elle en plongeant son regard dans le sien.

— J'avais contacté toutes les bibliothèques de Los Angeles, dit-il, et elle éclata de rire. En désespoir de cause, j'ai appelé ta mère et c'est là que j'ai appris qu'il était mort.

— Pourquoi as-tu essayé de me retrouver ?

— Tu le sais aussi bien que moi, même si nous n'avons pas le droit d'en parler.

Pourquoi ? C'était tellement injuste…

— Je n'ai pas arrêté de penser à toi depuis notre premier baiser.

— Comme si j'allais croire une chose pareille ! dit-elle, soudain furieuse. Je ne t'aurais jamais revu si Donald ne t'avait pas demandé d'être son témoin. Tu m'as abandonnée sans un regard en arrière, ajouta-t-elle en éclatant en sanglots. Tu n'es jamais revenu.

— C'est faux. J'étais présent à la fête du nouvel an. Je n'avais aucune envie de revoir ta famille, expliqua-t-il, mais je voulais passer du temps avec toi. C'est là que ton frère m'a annoncé que tu étais en cure de désintoxication.

— C'est ce qu'il t'a raconté ? s'enquit-elle avec un sourire sans joie. Je me suis toujours demandé comment ils avaient expliqué mon absence pendant six mois.

— Où étais-tu ?

Elle secoua la tête. Non, elle ne pouvait pas lui avouer la vérité. C'était trop douloureux.

— Pourquoi m'a-t-il menti ? insista-t-il. Dis-le-moi.

— Je ne peux pas.

— Bien sûr que si, affirma-t-il. Quand apprendras-tu que tu peux être honnête avec moi ?

Honnête ? Elle ne l'avait jamais été avec personne, car elle n'en avait pas le droit.

— Il y a un proverbe arabe qui dit que ce qui est caché est plus important que ce qui a déjà été révélé.

Trinity fronça les sourcils. Il avait raison. La perte de son bébé l'avait marquée plus profondément que ce qui s'était passé cette nuit-là. Elle l'avait aimé malgré les conditions dans lesquelles il avait été conçu.

— Je suis tombée enceinte, souffla-t-elle. Je t'en pric, ne me dis pas que tu es désolé pour moi parce que je voulais cet enfant. Mes parents m'ont poussée à avorter, mais j'ai refusé, poursuivit-elle d'une voix tremblante. Je savais que je prenais la bonne décision parce que rien de ce qui s'était passé n'était la faute de ce bébé. Ma fille était innocente et je l'ai perdue quand j'étais enceinte de six mois…

Malgré lui, Zahid en eut les larmes aux yeux. C'était la première fois qu'il se laissait aller ainsi. Même à la mort de sa mère, il s'était efforcé de toujours cacher son chagrin. La douleur de Trinity et l'amour qui vibrait dans sa voix quand elle parlait de son bébé étaient plus qu'il ne pouvait supporter.

— Tu lui as donné un nom ? demanda-t-il doucement.

— Amara.

Amara voulait dire « éternel » en arabe…

Oubliant toute prudence, Zahid s'assit sur le lit et l'attira à lui. Trinity se mit aussitôt à pleurer et il s'efforça de la consoler.

— Tu peux tout me dire, murmura-t-il à son oreille.

— Comment le pourrais-je ? Ce soir, tu dînes avec ta future épouse, lui rappela-t-elle.

— Je vais tout arranger et nous donner plus de temps.

— Comment ?

— Tu as envie de rester ? s'enquit-il en plongeant son regard dans le sien.

Trinity hésita. Elle avait envie de se confier à lui, mais craignait sa réaction. Qu'allait-il faire en découvrant qu'elle était peut-être enceinte ?

— Trinity ?

Indécise, Trinity étudia son visage. Elle lui faisait confiance, mais ne pouvait se résoudre à lui avouer la vérité.

— Je veux être ici, affirma-t-elle en lui offrant sa bouche.

Zahid prit ses lèvres et le reste du monde disparut. Plus rien n'existait que son corps chaud contre le sien.

Zahid se déshabilla à la hâte et la débarrassa de ces vêtements.

— Dis-moi ce que tu veux, ordonna-t-il d'une voix rauque de désir.

— C'est toi que je veux. C'est ça que je veux, ajouta-t-elle comme il s'agenouillait entre ses cuisses.

Trinity n'arrivait plus à réfléchir. C'était si merveilleux que c'en devenait presque douloureux.

Se redressant soudain, il l'agrippa par les hanches et la pénétra d'un mouvement fluide. Trinity noua aussitôt les jambes autour de sa taille comme il se mettait à bouger en elle, de plus en plus vite, jusqu'à ce qu'une jouissance inouïe les emporte tous les deux.

— Ici, souffla-t-il en se laissant retomber à ses côtés.

Les yeux fermés, Zahid réfléchissait à la situation. Il était censé recevoir la princesse Sameena, mais la femme qu'il aimait était allongée dans ce lit.

Il était trop tard pour annuler le dîner puisque les invitations avaient déjà été envoyées. La famille de la princesse Sameena ne manquerait pas de se sentir insultée s'il n'assistait pas au repas. Non, vraiment, il n'avait pas le choix.

Cela dit, il devait parler à son père avant l'arrivée de leurs invités. Le moment était venu de lui annoncer sa décision : il avait choisi son épouse.

— Je vais tout arranger, promit-il en s'habillant.

— Il vaudrait peut-être mieux que je parte pendant que tu en discutes avec ton père ?

— Je ne veux pas être séparé de toi. Il est temps que tu me fasses confiance.

— Zahid…

— Ne t'inquiète pas, la rassura-t-il. Je vais demander au roi de me recevoir.

12.

Depuis la fenêtre de son bureau, Fahid aperçut Trinity sortir du second palais. Quelques instants plus tard, Zahid sortit à son tour, les vêtements en désordre.

— Tout va bien, Votre Majesté ? demanda Abdul en le rejoignant.

— Oui. Que faites-vous ici ?

— Le prince Zahid a demandé une entrevue officielle.

— Je n'ai pas le temps. Nos invités vont bientôt arriver.

— C'est une requête officielle, insista Abdul.

— J'ai donc jusqu'à demain midi pour y répondre, lui rappela-t-il. Demande à Mlle Foster de venir me voir. Je veux lui parler.

— Bien sûr. Il vaudrait peut-être mieux la recevoir demain, ajouta-t-il après un instant, puisque la princesse Sameena et sa famille sont en route.

— Fais-la venir, ordonna-t-il.

Trinity sortait de la douche quand la sonnerie de son portable retentit. C'était sa mère.

Nerveuse, elle inspira profondément avant de décrocher.

— Bonjour, maman. Comment vas-tu ?

Diane resta un instant silencieuse et Trinity comprit qu'elle pleurait.

— Ton père insiste pour disperser les cendres demain, mais je ne veux pas le faire sans toi.

— Qui sera présent ?

— Juste notre famille.
— Je ne peux pas venir.
— Trinity, je t'en prie, souffla-t-elle. Je ne veux pas te perdre.
— Tu ne me perdras pas, maman, mais je refuse de remettre un pied à la maison tant que Clive sera là.
— Trinity…
— Je suis sérieuse, maman.
Et pour la première fois, elle l'était.
Ses larmes se mirent à couler comme elle songeait à ses parents. Malgré tout ce qui s'était passé, elle les aimait et ils lui manquaient.
Quelqu'un frappa à la porte et elle s'essuya rapidement les yeux avant d'aller ouvrir.
— J'ignorais que mes élèves vous bouleverseraient, dit Layla.
— Ce n'est pas ça, affirma-t-elle en la laissant entrer.
— Elles sont tellement curieuses. Et elles posent parfois des questions difficiles, déclara Layla en haussant les épaules.
Comme Trinity fronçait les sourcils, elle précisa :
— Aujourd'hui, elles m'ont interrogée sur le mariage et sur la nuit de noces, mais ce ne sont pas des questions appropriées. De toute façon, je suis incapable d'y répondre, ajouta-t-elle, les joues rouges.
— C'est vrai que c'est gênant, admit Trinity.
— Tout à fait.
— Mais c'est bien qu'elles puissent vous en parler. Avec qui pourraient-elles discuter de contraception ?
— Contraception ?
— Vous ne voulez pas avoir d'enfant, n'est-ce pas ? reprit Trinity.
— Je croyais que j'étais la seule femme à ne pas en vouloir, déclara Layla. Je n'ai aucune envie d'avoir ceux d'Hassain.
Trinity se mordit les lèvres. Layla ignorait visiblement de quoi elle parlait et se méprenait sur ses propos.

— Les contraceptifs permettent à une femme d'avoir des relations sexuelles sans être mariée.

— Mais c'est impossible ! lança Layla en rougissant de plus belle.

— Vous voulez dire qu'une femme ne tombe jamais enceinte sans être mariée à Ishla ?

— Bien sûr que non. Ça ne peut pas arriver, ça ne doit pas arriver, conclut-elle d'un air sérieux.

Trinity manqua soudain défaillir. Les grossesses hors mariage n'étaient pas tolérées à Ishla. Que se passerait-il lorsque le roi apprendrait qu'elle était peut-être enceinte de son fils ? Il essayerait sans doute de la pousser à avorter pour éviter le scandale… comme ses parents autrefois.

Elle devait en parler à Zahid. Il la soutiendrait sûrement… à moins qu'il ne fasse passer son pays avant elle et leur enfant ?

— Trinity, demanda Layla, la tirant de ses pensées, qu'est-ce qu'un contraceptif ?

Quelqu'un frappa soudain à la porte et Trinity poussa un soupir de soulagement. Elle n'avait aucune envie d'avoir cette conversation.

Jamila échangea quelques mots avec Layla avant de ressortir.

— Mon père veut vous parler. Tout ira bien, la rassura Layla en avisant l'expression de son visage. Il peut se montrer intimidant, mais c'est un homme bon et juste. De toute façon, vous n'avez rien à craindre puisque vous n'avez rien à vous reprocher.

Layla ignorait combien elle se trompait…

13.

Trinity entra dans le bureau du roi et regarda autour d'elle dans l'espoir d'apercevoir Zahid. Malheureusement, il n'était pas là. Elle était seule avec le roi.

— Comment allez-vous ? s'enquit-il. J'espère que vous ne manquez de rien ?

— Tout est parfait.

— Comment va votre famille ?

— Ma mère m'a téléphoné un peu plus tôt, dit-elle en s'efforçant de se détendre.

— Elle va bien ?

— La mort de mon frère l'a bouleversée. Mon père souhaiterait répandre ses cendres.

— Ils traversent des moments difficiles, commenta le souverain avec compassion.

— Oui.

— Vous avez apprécié la visite du second palais ? demanda-t-il soudain. Allez-vous me mentir et affirmer que vous avez admiré les œuvres d'art et les bijoux ?

— Non.

— Avez-vous l'intention de piéger mon fils ?

— Le piéger ? répéta-t-elle, incrédule.

— Vous ne seriez pas la première roturière à essayer et avec votre passé…

— Je refuse de me laisser insulter de la sorte, dit-elle d'une voix forte.

— Où est l'insulte ? Vous êtes bien une roturière, n'est-ce pas ?

— Oui.

— Et vous avez un passé ?

— Vous m'insultez en affirmant que je cherche à piéger votre fils.

— Veuillez m'excuser, j'oubliais que vous aviez les moyens d'éviter toutes conséquences fâcheuses, dit-il d'un ton ironique. J'espère que vous êtes assez intelligente pour comprendre qu'une grossesse hors mariage causerait un scandale plus important encore qu'une affaire de drogue. Oh ! excusez-moi, je fais erreur, ajouta-t-il avec un sourire froid, il s'agissait de votre frère.

— Je préférerais que nous parlions de tout ça avec Zahid.

— Je serai moins courtois quand j'aurai cette conversation avec mon fils, la prévint-il sèchement. Je suis furieux contre lui. C'est la première fois qu'il me déçoit ainsi. Il y a quelques semaines encore, il ne parlait que du bien-être de notre peuple et de la construction d'hôpitaux et de ponts, poursuivit-il, les yeux étincelants de colère. Tout ce qui l'intéresse à présent est de passer du temps avec vous et de vous faire accepter de la population. Ishla est un pays juste, du moins il l'était avant votre arrivée…

— Vous voulez que je m'en aille ?

— Il n'a jamais été question que vous restiez, rétorqua-t-il, mais c'est à vous de voir comment vous souhaitez partir.

— Je ne comprends pas.

— Je vais faire affréter un avion pour vous ramener chez vous. Est-ce en Angleterre ou aux Etats-Unis ? J'ai oublié…

— Je veux parler à Zahid, souffla-t-elle.

— Vous pourrez le voir au dîner.

— Je vous en prie, le supplia-t-elle. Je…

— Je veux que vous rencontriez la princesse Sameena, la coupa-t-il, imperturbable. Ainsi, vous comprendrez pourquoi je désapprouve votre conduite et votre présence ici.

— C'est entendu, je vais m'en aller.

— Vous partirez après le dîner, acquiesça-t-il, mais je

vous conseille de réfléchir à ce que vous allez dire à mon fils. Si vous l'aimez vraiment, vous ferez ce qu'il faut.

Des coups répétés à la porte la firent sursauter.

— Un instant, dit le roi comme Zahid faisait irruption dans la pièce.

— Pourquoi as-tu exigé de voir Trinity en mon absence ?

— Je voulais m'assurer qu'elle ne manquait de rien, répondit calmement le roi. Et je voulais savoir comment se portait sa famille.

— Comme si j'allais croire une chose pareille ! Tu n'as pas le temps de me recevoir, mais tu lui ordonnes de venir dans ton bureau ?

— Elle vient de m'annoncer qu'elle devait rentrer en Angleterre, affirma Fahid.

— C'est faux.

— Elle partira ce soir, après le dîner.

— Je ne le permettrai pas. Je suis prêt à régler le problème avec toi, reprit-il, mais Trinity ne part pas ce soir…

— Si, l'interrompit-elle.

Le roi avait été très clair. Sa grossesse causerait un scandale sans précédent et déshonorerait Zahid et sa famille. Elle n'avait pas le choix.

— Je viens d'expliquer la situation à ton père. Ma mère a appelé, elle était bouleversée.

Elle hésita un instant. Zahid l'empêcherait de rentrer s'il savait que Clive serait présent. Il ne devait pas le découvrir.

— Elle a besoin de moi.

— Peu importe, dit-il en secouant la tête. Nous devons parler de…

— Il est trop tard, annonça le roi en se levant. Nos invités vont arriver. Trinity devrait aller se préparer.

Trinity fronça les sourcils en repensant aux paroles du roi. Il avait raison. Zahid l'aimait et n'allait pas la laisser partir sans se battre. Son seul espoir était de lui prouver qu'elle ferait une mauvaise épouse et reine.

— Vous devriez peut-être choisir une autre couleur, déclara Layla, mais Trinity mit une autre couche de rouge à lèvres écarlate.

Elle étudia son reflet dans le miroir d'un œil critique. La tunique lilas, qu'elle avait essayée à son arrivée, était moulante et révélait outrageusement ses formes. C'était parfait !

— Vous avez oublié un bouton, lui fit remarquer Layla, mais elle l'ignora.

Sans perdre une seconde, elle sortit de la chambre et Layla s'élança à sa poursuite.

Zahid jura intérieurement comme Trinity s'installait à côté de Layla. Sa tenue n'était pas appropriée, mais c'était surtout la lueur belliqueuse brillant dans son regard qui l'inquiétait.

— Voici Mlle Foster, expliqua le roi. Elle aide Layla à améliorer son anglais. Je lui ai demandé de se joindre à nous pour lui faire nos adieux, car elle repart ce soir pour l'Angleterre.

Zahid était à deux doigts d'exploser. Son père ne perdait rien pour attendre. Comment osait-il infliger une épreuve pareille à Trinity ?

Comme Sameena inclinait la tête, il avisa soudain qu'elle avait les yeux gonflés. Peut-être n'était-il pas le seul à vouloir échapper à ce dîner ?

Le repas se déroula dans le calme, mais le climat restait tendu. L'affront fait à la reine Raina, des années plus tôt, n'avait pas été oublié.

Seule Layla semblait ignorer les tensions.

— Père, puis-je apprendre à conduire ? demanda-t-elle soudain.

— Tu as un chauffeur personnel, lui rappela-t-il.

— J'aimerais apprendre. Vous savez conduire, Sameena ?

— Oui.

— Vous travaillez ?

— Layla, ce dîner est censé permettre à Zahid et à Sameena de discuter.

— Nous allons bientôt partir, les prévint la reine Reina.

— Sameena et moi pourrions sortir nous promener dans les jardins ? proposa Zahid.

Trinity renversa son verre, mais il ne lui accorda pas un regard.

— Layla aimerait peut-être se joindre à vous ? offrit le roi avec un sourire.

— Bien sûr…

— C'était un dîner charmant, déclara Sameena en longeant le sentier.

— Oui. Vous vous réjouissiez d'y assister ? demanda Zahid, curieux.

Sameena sembla hésiter un instant et jeta un coup d'œil à Layla qui les suivait.

— Elle écoute de la musique, précisa-t-il. Elle a des écouteurs.

Sameena éclata de rire avant de retrouver son sérieux.

— Ma mère envisage d'abdiquer. N'en parlez à personne…

— Vous pouvez compter sur moi, la rassura-t-il.

— Bientôt, je serai reine de Bishram.

— Quels objectifs espérez-vous atteindre ?

— J'aimerais que les relations entre nos deux nations s'améliorent, dit-elle, les larmes aux yeux, quoi que vous décidiez.

— Soyez honnête avec moi, demanda-t-il, car je souhaite également que nos deux pays se rapprochent.

— Même si la situation risque d'être tendue au début ? s'enquit-elle d'une voix tremblante.

Elle craignait visiblement que ses parents ne se mettent en colère s'il ne l'épousait pas.

— Je suis certain que nous nous entendrons bien, dit-il, sincère.

Sameena semblait prête à forger une alliance durable qui n'incluait pas de mariage. Peut-être tout espoir n'était-il pas perdu pour Trinity et lui ?

Soulagé, il raccompagna Sameena à l'intérieur et lui sourit d'un air complice comme elle quittait le palais.

Trinity était bouleversée. Zahid semblait ravi de sa rencontre avec la princesse. De toute évidence, il s'était rangé à l'avis de son père. Il était temps qu'elle parte.

— Je vais rassembler mes affaires, annonça-t-elle. Mon avion décolle bientôt.

— Tu n'iras nulle part tant que je n'aurai pas eu une conversation avec mon père, déclara Zahid.

S'adressant au roi, il reprit :

— J'ai à te parler.

— Pas maintenant, rétorqua celui-ci. Je n'ai pas fini mon café. Ça s'est plutôt bien passé, n'est-ce pas ? demanda-t-il avec un grand sourire.

— Je n'ai jamais été aussi mal à l'aise, affirma Zahid.

— Vous avez été une invitée charmante, déclara Fahid en se tournant vers elle. Je n'ai pas fait servir le champagne, car je craignais de gêner la famille de la princesse, mais à présent qu'ils sont partis, nous pouvons prendre une coupe en votre honneur.

Un serviteur lui apporta une coupe dont elle se força à avaler une gorgée. Il ne fallait surtout pas qu'ils se doutent qu'elle était enceinte.

Zahid refusa de lever son verre, et le roi croisa son regard comme pour lui rappeler leur entretien. Elle devait impérativement s'assurer que Zahid la laisserait partir.

— La reine Raina est la femme que vous avez rejetée ? demanda-t-elle.

— Trinity..., souffla Layla, inquiète de la réaction de son père.

— Oui.
— Votre épouse doit vous manquer.
— Elle me manque énormément, confirma-t-il.
— Vous devez vous sentir seul.
Zahid lui pinça la cuisse dans l'espoir de lui faire changer de sujet, mais Trinity l'ignora.
Comme le roi lui adressait un sourire discret, elle reprit :
— Vous êtes encore bel homme, Fahid. Vous avez sûrement songé à faire des rencontres, ajouta-t-elle avec un sourire enjôleur.
— J'y ai pensé, avoua-t-il.
— Je suis sûre que vous auriez du succès, assura-t-elle.
Zahid était prêt à exploser. Trinity flirtait de façon éhontée avec son père.
— Comment un roi devrait-il s'y prendre ? demanda Fahid d'un ton poli.
— Je l'ignore. Au bar où je travaille, nous organisons des soirées pour les plus de quarante ans et…
— Trinity, la coupa Zahid.
— Quoi ? J'essayais simplement de me montrer aimable.
— Je veux te parler en privé, déclara-t-il en la prenant par le poignet.
Il la ramena jusqu'à sa chambre en s'efforçant de se calmer.
Qu'elle renverse son verre ou s'amuse à enfreindre les règles, passe encore, mais il n'aurait jamais imaginé qu'elle irait jusqu'à tenter de séduire son père ! Son attitude était incompréhensible, inacceptable et décevante. Il attendait mieux d'elle.
— Qu'est-ce qui te prend ?
— Je ne faisais que m'amuser, répondit-elle en haussant les épaules. J'avais oublié que c'était interdit.
— Ce n'est pas interdit, mais tu…
— Je suis allée trop loin ?
— Tu sais bien que oui.
— Si je comprends bien, j'étais censée rester tranquil-

lement assise pendant que tu te promenais avec ta future épouse en lui souriant d'un air béat ?

— Tu crois que je flirtais avec la princesse Sameena ? s'enquit-il, incrédule. Tout ce que j'ai fait ce soir, je l'ai fait pour m'assurer que nous ayons un avenir ensemble. J'ai sollicité une entrevue officielle avec mon père et j'ai discuté avec Sameena. Et qu'est-ce que tu as fait, toi ? demanda-t-il, furieux. Tu te soûles et tu flirtes avec mon père !

— Je n'ai bu que deux verres, mentit-elle.

Elle n'en avait même pas fini un.

— Et ça suffit à expliquer ton comportement ? Je ne comprends pas, Trinity.

— Je ne t'ai jamais demandé d'essayer, dit-elle. Où est le problème : j'ai manqué de respect à ta famille ou à tes invités ?

— C'est à toi que tu manques de respect, soupira-t-il.

— Heureusement, je ne serai bientôt plus un problème pour toi.

— Va te coucher.

— Comment ?

— Va te coucher. Nous reprendrons cette conversation demain matin.

Non, c'était impossible. Elle avait sûrement mal entendu. Zahid refusait de la laisser partir, même après ce qui venait de se passer.

Elle n'avait pourtant pas le choix. Vraiment, elle devait s'en aller avant que le roi découvre qu'elle avait déshonoré leur famille en tombant enceinte.

— Dépêche-toi.

— Mon vol…

— Je vais l'annuler.

— Je veux rentrer chez moi.

— Tu n'iras nulle part, affirma-t-il d'un ton décidé. Tout sera arrangé demain. Je m'en occupe.

— Et si je n'ai pas envie que ça s'arrange ? s'enquit-elle d'une voix tremblante. Qui te dit que je veux t'épouser ?

Il la relâcha aussitôt et plongea son regard dans le sien.

— Je croyais que tu…

— Tu te trompes, souffla-t-elle. Je te rappelle que tu ne m'as jamais posé la question.

— Je croyais que tu ressentais la même chose que moi.

— Je suis désolée, dit-elle en baissant les yeux.

Pourquoi était-ce si difficile de lui mentir ? Elle devait impérativement le convaincre.

— Je ne veux pas devenir ta femme.

— Tu en es sûre ?

— Oui.

— Très bien, déclara-t-il d'un ton sec. Dans ce cas, je vais demander à une servante de rassembler tes affaires.

En un instant, il était redevenu un étranger. L'homme qu'elle avait appris à connaître et à aimer avait disparu. Il ne restait plus que le prince Zahid, futur roi d'Ishla.

14.

— Je veux vous accompagner jusqu'à l'aéroport, affirma Layla.

Elle avait abandonné sa réserve habituelle et pleurait à chaudes larmes.

— Ce n'est pas la peine, rétorqua Trinity en la prenant dans ses bras.

Layla allait lui manquer.

Elle fit une courte révérence au roi qui la salua d'un signe de la tête, et se tourna vers Zahid.

Comment était-elle censée lui faire ses adieux ? Elle ne quittait pas uniquement l'homme qu'elle aimait, elle renonçait également au père de son enfant…

— Je t'accompagne, dit-il d'un ton sans appel.

Ils montèrent en voiture et le chauffeur démarra aussitôt.

— Je suis désolée pour ce soir.

— C'était plutôt drôle, rétorqua-t-il avec l'ombre d'un sourire. Je suis certain que mon père ne s'est pas autant amusé depuis des années.

— Tu n'es pas fâché ?

— Je l'étais, mais tu as réussi à me faire rire, comme toujours.

Il semblait pourtant si sérieux…

— Je suis navré d'avoir imaginé que tu partageais mon délire, dit-il comme ils arrivaient à l'aéroport.

— Ton délire ?

— C'est la seule façon d'expliquer ce que je ressens.

J'ai apprécié nos instants de folie, ajouta-t-il en plongeant son regard dans le sien.

— Tu peux enfin redevenir toi-même.

— Oui.

Elle se pencha pour l'embrasser, mais il s'écarta.

— Tout va bien se passer, affirma-t-il.

— Comment peux-tu en être sûr ?

— Je te rappelle que cet avion m'appartient, répondit-il avec un sourire qui disparut rapidement. Tu as besoin de quoi que ce soit ?

— Non.

— Tu en es certaine ? Tu as donné toutes tes économies à Donald, poursuivit-il comme elle voulait répliquer, et tu n'as pas travaillé depuis des mois.

— Je vais me débrouiller.

— Je ne sais pas quoi dire, avoua-t-il. Je ne m'attendais pas à devoir un jour te faire mes adieux. Prends soin de toi, ajouta-t-il. Et n'oublie pas que tu as le droit de refuser de revoir ce salaud.

Le souffle de Trinity se bloqua dans sa poitrine. Elle allait probablement revoir Clive dans quelques heures.

— Je vais y aller, dit-elle d'une voix tremblante.

Si elle restait une minute de plus, elle finirait par lui avouer combien elle l'aimait.

Il était temps de partir…

Zahid regagna le palais, accablé, et alla droit dans le bureau de son père.

— Tu es content ? lança-t-il.

— Je sais que tu souffres, rétorqua le roi, mais tu finiras par l'oublier.

— Je ne veux pas de tes conseils.

— Son comportement durant le dîner était impardonnable.

— Tu ne la connais pas, rétorqua Zahid. Trinity aime repousser les limites et choquer son entourage. Ainsi, personne ne peut l'approcher ou la blesser. Tu ignores ce qu'elle a traversé ! Je vais me coucher, maintenant…

— Nous reprendrons cette conversation demain.

— Nous la reprendrons quand je l'aurai décidé ! rétorqua Zahid, et tu risques t'attendre longtemps.

— Je te rappelle que nous avons organisé plusieurs dîners et…

— Annule-les !

— Zahid, la place de Trinity est auprès de sa famille. Ils ont prévu de répandre les cendres de son frère demain.

— Qu'est-ce que tu as dit ?

— Sa mère a appelé. Elle voulait que Trinity soit présente.

Non, c'était hors de question. Quels que soient ses sentiments envers lui, il ne pouvait pas la laisser affronter sa famille seule.

— Pourquoi ne m'a-t-elle rien dit ?

Elle lui avait caché la vérité, une fois de plus.

Il fronça les sourcils comme une idée s'imposait soudain à son esprit.

Si elle lui avait menti sur les raisons de son départ, peut-être lui avait-elle menti en affirmant ne pas vouloir l'épouser ?

— Je pars pour l'Angleterre, annonça-t-il.

— Je te l'interdis ! répliqua son père.

— Dans ce cas, je me passerai de ton accord.

— Tu ne peux pas faire une chose pareille.

— Bien sûr que si. Tu m'as toujours dit que je devais me battre pour obtenir ce que je voulais.

— Tu ne peux pas tourner le dos à ton peuple et à nos traditions, affirma son père, visiblement inquiet.

— Je le ferai si nécessaire. Trinity a besoin de moi et je refuse de l'abandonner.

— Tu es censé choisir une épouse dans les jours à venir, lui rappela Fahid.

— Mon choix est déjà fait.

— Trinity n'est pas une candidate acceptable.

— C'est ce que tu penses, mais elle me convient parfaitement.

— Tu connais les règles, Zahid.

— Il ne tient qu'à toi de les changer. N'est-ce pas la prérogative du roi ?

— Ce n'est pas si simple.

— Au contraire.

— Notre peuple n'approuvera jamais ton choix, le prévint Fahid.

— Ils le feront si tu nous soutiens, déclara-t-il avec calme.

— Qui te dit qu'elle voudra vivre ici ?

— Nous en discuterons et nous prendrons notre décision ensemble, mais ce sera pour plus tard. Il faut que je parte, maintenant.

— Elle a pris ton avion privé.

— Je vais réserver un billet auprès d'une compagnie aérienne.

— Tu laisses le désir obscurcir ton jugement, lui reprocha Fahid.

— Non, rétorqua Zahid. Au contraire, l'amour m'a enfin permis d'y voir clair.

— Un roi se doit de faire passer son pays avant tout.

— Ne t'inquiète pas, père. Je ne commettrai pas les mêmes erreurs que toi, déclara-t-il en plongeant son regard dans le sien.

Zahid hésita un instant avant de poursuivre. Le sujet était tabou, mais il avait besoin d'en parler.

— L'amour ne t'a pas rendu faible, affirma-t-il avec force. C'est sa mort que tu n'as pas supportée, mais je ne suis pas comme toi.

Furieux, Fahid leva le poing, mais Zahid ne se laissa pas impressionner.

— Je n'avais que sept ans, mais j'ai dû m'occuper de Layla. Tu ne supportais même pas de la regarder, poursuivit-il, imperturbable. Et j'ai également dû t'aider à manger parce que tu n'arrivais plus à quitter ton lit. Dis-moi, regrettes-tu d'avoir épousé ma mère ?

— Bien sûr que non.

— Regrettes-tu les instants que vous avez partagés ?

— Je regrette simplement de ne pas avoir compris que quelque chose n'allait pas le jour de la naissance de Layla, souffla-t-il. Je pensais que tout était normal.

— Le médecin et la sage-femme aussi, affirma Zahid. Tu as perdu la femme que tu aimais, mais tu n'es pas responsable de sa mort. Et je refuse de perdre Trinity.

Son père craignait qu'il ne souffre autant que lui, mais il ne pouvait pas envisager la vie sans Trinity. Il avait besoin d'elle.

— Tu pourrais demander au pilote de faire demi-tour, proposa son père comme il s'éloignait pour prévenir son chauffeur.

— C'est à Trinity de décider si elle veut revenir à Ishla.

Fahid l'observa un instant avant de soupirer.

— Il faut que je te dise quelque chose, Zahid. C'est à propos de son comportement pendant le dîner…

— Je lui en parlerai, le coupa Zahid. Elle ne connaît pas nos règles et ignore comment…

— Elle savait parfaitement ce qu'elle faisait, l'interrompit Fahid. Elle a suivi mes instructions, ajouta-t-il en baissant les yeux. J'espérais te convaincre qu'elle ne ferait jamais une épouse convenable.

Zahid fronça les sourcils.

— Tu veux dire que vous en avez discuté ?

— Oui.

— Dois-je te rappeler que même si tu es le roi et mon père, tu n'as aucun droit de…

— Je suis malade, avoua celui-ci. C'est la seule raison qui m'empêche de…

Trop bouleversé pour terminer sa phrase, le roi s'interrompit.

— Prends mon avion, proposa-t-il avant de le serrer dans ses bras. Va la rejoindre, mon fils.

15.

Zahid était furieux. Trinity avait le don de lui faire perdre la tête, mais c'était la première fois qu'il était vraiment en colère contre elle.

Comme son avion décollait, les événements de la soirée lui revinrent en mémoire. Trinity lui avait menti. Elle n'avait pas pu cacher sa jalousie après sa promenade avec Sameena. Si elle ne l'aimait pas, pourquoi avait-elle réagi de cette façon ?

Quant à sa maladresse, il ne l'expliquait pas. Elle avait à peine touché à son verre de champagne. Vraiment, son comportement était incompréhensible.

L'image de la jeune femme dans sa tunique moulante s'imposa soudain à son esprit, et il fronça les sourcils. Ses seins étaient visibles dans son décolleté et semblaient même avoir grossi. Se pouvait-il qu'elle soit enceinte ? Avait-elle si peur de lui qu'elle avait préféré fuir plutôt que de lui avouer la vérité ?

Trinity ne put retenir une grimace en découvrant son reflet dans un miroir du salon VIP de l'aéroport d'Heathrow. Elle n'avait pas eu le temps de se changer avant son départ et donnait l'impression de sortir d'un conte des *Mille et Une Nuits*.

Un chauffeur l'attendait à la sortie et l'amena à l'hôtel où elle réserva une suite avec sa carte de crédit.

Arrivée dans sa chambre, elle se déshabilla et prit une

douche. Puis elle enfila une robe de chambre et prépara les vêtements qu'elle avait l'intention de porter pour la cérémonie.

Si elle était venue, c'était uniquement parce que sa mère avait besoin d'elle. Cela dit, elle n'avait pas l'intention de lui obéir aveuglément.

Sa relation avec Zahid l'avait rendue plus forte. Non, elle ne craignait plus d'affronter ses parents et de leur faire admettre ce qui s'était passé. Ils avaient le choix : accepter de l'écouter ou devenir des étrangers pour leur fille et leur futur petit-fils ou petite-fille. C'était à prendre ou à laisser.

Elle n'avait pas besoin d'eux. Vraiment, elle était parfaitement capable de se débrouiller seule. Il était temps que les choses changent.

Elle sursauta comme on frappait à la porte. C'était sûrement le service d'étage…

Elle l'ouvrit… et manqua défaillir en découvrant Zahid. C'était la première fois qu'elle le voyait aussi furieux. Effrayée, elle recula d'un pas.

— Comment sais-tu que je suis ici ? balbutia-t-elle, le cœur battant.

Il était tellement intimidant dans sa djellaba ! Vraiment, il ressemblait à un guerrier farouche et sans pitié.

— Tu as comploté avec mon père ? l'interrogea-t-il sans répondre à sa question.

— Comploter est un grand mot… Je…

— Vous avez décidé que vous saviez ce qui était mieux pour moi, coupa-t-il d'un ton sec.

— Non, nous… Enfin, je pensais que tu avais des problèmes…

— Quel genre de problèmes ?

— Tu craignais que je fasse une mauvaise épouse et…

— Tu as voulu me faciliter les choses ?

— Oui, acquiesça-t-elle.

— Si je comprends bien, tu pensais que flirter avec mon père et te comporter comme une ivrogne me rendrait service, reprit-il, incrédule. Tu croyais que je te rejetterais si tu agissais comme une idiote.

— Oui, reconnut-elle en haussant les épaules.

Ça semblait stupide, dit comme cela.

— Et si on essayait de se montrer honnêtes pour une fois ?

— Zahid, le sexe est une chose merveilleuse, mais ce n'est pas une raison pour…

— Tu crois que c'est suffisant pour me faire perdre la tête ? l'interrompit-il d'un air moqueur.

— Non, enfin peut-être.

— Tu penses que je ne sais plus où j'en suis, n'est-ce pas ?

— Oui.

— J'avais besoin de temps pour réfléchir à la situation et pour trouver une solution. Je ne vois pas où est le problème.

Il y en avait pourtant un, mais elle ne pouvait pas lui avouer la vérité.

— Y a-t-il autre chose que tu as oublié de me dire ? s'enquit-il en plongeant son regard dans le sien.

— Non.

— Tu en es sûre ?

— Oui.

— Qu'est-ce que tu comptes faire aujourd'hui ? demanda-t-il en inspectant ses vêtements.

— Je n'ai pas encore décidé, mentit-elle.

— Veux-tu devenir ma femme ?

— Non.

— Je prends ça pour un oui, affirma-t-il, parce que tu as passé les dernières heures à me mentir. Est-ce que tu m'aimes ?

— Je suis censée répondre par oui ou par non ?

— Trinity !

— Oui, je t'aime, Zahid, dit-elle avec un sourire, mais n'oublie pas que je suis une menteuse compulsive.

Elle éclata de rire, mais son expression changea rapidement comme il l'attirait à lui et la faisait basculer sur ses genoux.

— Qu'est-ce que tu fais ?

— Ce que j'aurais dû faire il y a longtemps, répondit-il. C'est la troisième fois que je reviens vers toi et tu ne me fais toujours pas confiance. Jusqu'à présent, je me suis montré patient, mais j'en ai assez, ajouta-t-il en lui donnant une petite claque sur les fesses.

Elle voulut se protéger, mais il repoussa ses mains.

— Je t'interdis de prendre des décisions nous concernant sans m'en parler, poursuivit-il en la fessant de nouveau.

Trinity ne put retenir un cri. C'était à la fois douloureux… et incroyablement excitant.

— Et je t'interdis de me mentir, conclut-il avant de s'immobiliser, soudain horrifié par sa conduite.

Qu'avait-il fait ?

— Trinity…

Il s'attendait à ce qu'elle se débatte ou l'insulte, mais elle murmura :

— Encore…

Comment faisait-elle pour avoir un tel effet sur lui ?

— J'ai failli jouir, avoua-t-elle en s'allongeant sur le lit.

— Tu es impossible.

— Tu regrettes ton choix ? s'enquit-elle avec un sourire, tandis qu'elle le regardait se déshabiller.

Sans perdre une seconde, il la rejoignit et se glissa en elle.

— Je n'ai pas menti cette fois, dit-elle en nouant les jambes autour de sa taille.

— Je sais.

— Comment sais-tu que je t'aime ? gémit-elle comme il la pénétrait plus profondément.

— Parce que je le sais, souffla-t-il en accélérant ses va-et-vient.

Elle cria et s'arc-bouta contre lui comme il l'accompagnait dans l'extase.

— Ne me quitte plus jamais, murmura-t-elle.

— Je te le promets.

— Je risque de commettre des erreurs…

— Je sais.

— Et ton père ne va pas…

— J'en ai déjà discuté avec lui, la coupa-t-il en l'embrassant. Tu n'as aucune raison de fuir. Quel que soit le problème, nous y ferons face ensemble.

A ces mots, Trinity faillit éclater en sanglots. Elle était terrifiée, mais elle ne pouvait pas lui cacher la vérité plus longtemps. Zahid méritait de connaître son secret.

— Y a-t-il autre chose que tu souhaiterais me dire ? demanda-t-il doucement.

— Oui. Ce n'était pas prévu, souffla-t-elle en évitant son regard. Je t'avais promis que ça n'arriverait pas, mais je suis enceinte.

Les larmes aux yeux, elle attendit qu'il se mette en colère, en vain. Zahid la serra dans ses bras.

— C'est pour ça que tu es partie ?

Elle acquiesça et il la força à le regarder.

— Pourquoi ne m'as-tu rien dit ?

Il fronça les sourcils comme le souvenir de leur conversation lui revenait en mémoire.

« Si tu tombes enceinte, je suis fichu. »

Pas étonnant qu'elle ait menti…

— Tu n'es pas fâché ?

— Bien sûr que non, répondit-il avec un sourire. Je regrette simplement que tu ne m'en aies pas parlé, mais je comprends pourquoi tu ne l'as pas fait.

— Ton père m'a demandé si j'avais l'intention de te piéger, expliqua-t-elle. Il nous a vus quitter le second palais.

— Laisse-moi deviner… Il t'a fait un sermon ? dit-il en levant les yeux au ciel. J'ai l'air d'être tombé dans un piège ?

— J'ai posé des questions à Layla. Elle m'a déclaré que les grossesses hors mariage n'étaient pas tolérées à Ishla.

— Elle ne fait que répéter ce qu'on lui a dit. Mon père est prêt à tout pour la protéger, y compris à lui raconter des histoires. Combien de fois t'ai-je répété que tu pouvais me faire confiance ? demanda-t-il en plongeant son regard dans le sien.

— J'avais peur de ta réaction.

— Tu n'as plus à avoir peur à présent, assura-t-il en la

serrant contre lui. Je veux que tu deviennes ma femme. J'y ai longuement réfléchi, et je sais que c'est la bonne décision.

Il s'interrompit, cherchant ses mots.

— J'aime mon pays, et je veux être un bon roi. J'avais peur que ta présence m'empêche de me concentrer et me détourne de mon devoir, mais j'avais tort. Grâce à toi, je suis devenu un homme meilleur.

— Que vont dire les gens en découvrant que je suis enceinte ? s'enquit-elle d'un air inquiet.

— La plupart se réjouiront de la naissance du bébé. Certains diront que nous avons déshonoré le pays et d'autres réaliseront peut-être que nous ne sommes pas si différents du commun des mortels, rétorqua-t-il avec un sourire. Ce genre de controverse permet justement d'ouvrir le débat et la discussion. Je suis persuadé que tu seras une reine controversée, mais une bonne souveraine.

— Comment va réagir ton père ?

— Tu dois déteindre sur moi parce que j'envisage de lui mentir, affirma-t-il en riant. Nous pourrions lui annoncer la nouvelle après le mariage ?

— Je veux bien.

— Tu as peur d'autre chose ? Parce que nous pouvons en discuter, tu sais.

— Non, tout va bien.

— Tu en es sûre ?

Trinity hésita. Elle était tellement habituée à ignorer ses problèmes ou à garder ses secrets qu'il lui était difficile de dire la vérité. Il était temps que ça change…

— J'aime ma famille, déclara-t-elle, visiblement mal à l'aise. Mes parents viennent d'enterrer leur fils, et je ne veux pas leur donner l'impression qu'ils ont aussi perdu leur fille. Je ne peux pas leur tourner le dos. J'ai l'intention de continuer de me rendre aux réunions familiales.

— Je comprends, affirma Zahid. Mais dis-moi ce qui t'inquiète…

— J'ai peur que tu causes un scandale ou que tu…

— Tes parents ne devraient pas te forcer à fréquenter ce salaud ! déclara-t-il d'un air féroce.

Trinity étudia son visage. Il s'efforçait de rester calme, mais elle n'était pas dupe. Zahid était furieux.

— Tu as raison, admit-elle. Je m'apprêtais à leur téléphoner pour leur annoncer que je ne viendrais pas s'il était présent, mais…

— Tu as changé d'avis ? demanda-t-il en plissant les yeux.

— Ce n'est peut-être pas le bon moment pour en discuter, rétorqua-t-elle dans un soupir. Je ne sais plus ce que je dois faire.

— Tu devrais peut-être lui dire que tu ne veux plus jamais le voir, proposa-t-il soudain.

— Je n'ai aucune envie de lui parler.

— Je suis prêt à t'accompagner, si tu veux.

— Non.

Songeuse, elle étudia son visage. Elle ne pouvait pas lui demander ça.

— Tu n'es pas obligée de boire pour prendre le micro, affirma-t-il.

— Je n'étais pas soûle, cette nuit-là.

Comme il souriait, elle admit :

— J'avais un peu trop bu, c'est tout.

— Tu n'en as pas besoin pour leur dire ce que tu penses.

— Si j'y arrive, fit-elle remarquer en baissant les yeux.

— Je serai là.

— Je préférerais que tu m'attendes à l'hôtel.

Comme Zahid secouait la tête, elle suggéra :

— Dans la voiture, alors.

— Non. Je refuse que tu traverses ça toute seule.

— En plus du reste, je devrai aussi m'assurer que tu ne perdes pas la tête.

— Je te donne ma parole que ça n'arrivera pas, déclara-t-il en plongeant son regard dans le sien.

Il était sincère, elle le savait. Il la soutiendrait et l'épaulerait quoi qu'il arrive.

*
* *

Zahid se changea rapidement et l'escorta jusqu'à la voiture. Il demanda à son chauffeur de les laisser et se glissa derrière le volant.

— Pauvre Sameena… Que va-t-il arriver, maintenant ? demanda-t-elle soudain inquiète.

— Il y aura probablement une guerre entre nos deux pays, ironisa-t-il avant de reprendre son sérieux. Si tu n'étais pas partie, j'aurais pu t'expliquer que Sameena et moi avons eu une discussion importante.

— Dans le jardin ?

— Sameena sera bientôt reine et elle est décidée à améliorer les relations entre nos deux pays, expliqua-t-il. Elle m'a néanmoins fait comprendre qu'elle ne voulait pas devenir mon épouse.

— Elle t'a rejeté ?

— Telle que je te connais, je n'ai pas fini d'en entendre parler, soupira-t-il.

— Tu as tout compris.

Elle lui adressa un sourire qui se changea en grimace comme il se garait près de la rivière. C'était là que Donald avait demandé Yvette en mariage.

— Tu es prête ? Tu peux le faire, l'encouragea-t-il comme elle hochait la tête.

— Je ne pense pas qu'Yvette soit au courant…

— Il est temps qu'elle le sache, affirma-t-il d'un air sérieux. Cela va peut-être la décider à se confier à toi sur sa relation avec Donald. Nos enfants seront cousins. Tu ne veux pas qu'ils soient proches ?

— Si.

— Les mensonges ont empoisonné ta famille pendant des années. La vérité arrivera peut-être à vous libérer.

— Tu m'as promis que tu ne…

— Je saurai me contrôler.

La prenant par la main, il l'entraîna le long de la berge.

Apercevant sa famille, Trinity se libéra. Elle ne craignait plus rien, car il était à ses côtés.

— Qu'est-ce qu'il fait là ? demanda-t-elle en montrant Clive du doigt. Pourquoi avez-vous invité l'homme qui a violé votre fille de dix-sept ans ?

— Trinity, s'écria Diane, ce n'est pas le moment…

— Ce n'est jamais le moment !

— S'il te plaît…

Mais Trinity l'ignora.

— Pourquoi est-ce que tu chuchotes ? déclara Trinity en relevant le menton. Je suis venue pour honorer la mémoire de mon frère. J'ai envie de me souvenir des instants que j'ai partagés avec Donald et pas de ce que ce salaud m'a fait cette nuit-là.

Se tournant vers Clive, elle ajouta :

— Je ne veux plus jamais te revoir. Si tu t'avises de m'approcher, je préviendrai la police. Je suis prête à témoigner devant un juge, même si ça nuit à la réputation de notre famille, conclut-elle d'une voix vibrante de colère.

— Viens, Clive, dit Elaine en prenant son mari par le bras. Tu la connais, elle raconte n'importe quoi.

— Pour l'amour du ciel, Trinity ! s'emporta son père. Ton frère vient de mourir…

— Je tiens à dire quelque chose, intervint Zahid d'une voix dangereusement calme. J'ai promis à Trinity que je ne m'énerverais pas et j'ai bien l'intention de tenir parole, mais si je vous revois un jour, poursuivit-il à l'intention de Clive, je vous tuerai de mes propres mains.

— Il n'est pas sérieux, dit Diane avec un sourire crispé.

— Je vous assure que je le suis, répliqua Zahid d'un ton déterminé. Mon peuple n'en attendrait pas moins de son futur roi.

Réalisant qu'il était sur le point de craquer, Trinity lui prit la main. Clive devait avoir senti le danger, car il se mit à courir en direction de sa voiture.

— Vous voilà prévenus, reprit-il à l'intention de Diane avant de se diriger vers la rivière.

— Pourquoi Zahid a-t-il demandé à parler à ton père ? s'enquit Diane en la rejoignant.

— Tu vas bientôt le découvrir.

— Je dois vérifier qu'il y a du champagne au frigo ?

— Zahid ne boit pas, maman. Et il y a toujours du champagne dans le frigo, ajouta-t-elle avec un sourire.

— Je suis navrée, Trinity.

Surprise, Trinity étudia son visage. Depuis le temps qu'elle attendait ces mots…

— Merci.

— On peut reprendre à zéro ?

— C'est ce qu'il y a de mieux à faire.

La cérémonie achevée, Trinity voulut aller se coucher.

— Vous pouvez vous installer dans la chambre d'amis, proposa Diane.

— Ce ne sera pas nécessaire, affirma Trinity. Zahid dormira avec moi.

Celui-ci acquiesça, soulagé. Plutôt mourir que de mettre les pieds dans cette pièce !

Il salua les Foster et suivit Trinity à l'étage.

— Qu'est-ce qu'elle a dit ? s'enquit-il, allongé à ses côtés. Je t'ai entendue éclater de rire dans la cuisine.

— Je ne peux pas te le dire, rétorqua-t-elle en rougissant.

— Bien sûr que si.

— Si tu insistes… Maman m'a demandé si elle aurait un titre à la mort de ton père.

— Un titre ?

— Elle veut devenir la reine mère.

Il éclata de rire et Trinity sourit. C'était bon de le voir aussi heureux et détendu.

— Comment ai-je pu penser que tu étais ennuyeux ?

— Je l'ignorais. Et quand as-tu décidé que j'étais ennuyeux ? demanda-t-il, amusé.

— Il y a quatre ans, répondit-elle en se pelotonnant contre lui, jusqu'à ce que tu me prennes dans tes bras.

Epilogue

— Où est Trinity ? demanda Diane dans un murmure inquiet.

Vêtu de son uniforme militaire, Zahid patientait dans les jardins du palais. Il arborait également le kafia blanc et or réservé aux futurs mariés.

Les invités le dévisageaient avec insistance, mais il les ignora. Cela faisait plusieurs jours qu'il n'avait pas vu Trinity. La tradition interdisait aux futurs époux de se rencontrer avant le mariage, et il lui tardait de la retrouver.

Dans moins d'une semaine, ils partiraient en lune de miel. Ils avaient spécialement choisi l'Australie pour passer du temps loin de leurs parents et du roi.

— Je suis si impatiente ! avoua Layla. Tu es sûre que ça ne te dérange pas que je vous accompagne en Australie ?

— Bien sûr que non.

— Je ne resterai qu'une semaine.

— Ce sera merveilleux, répondit Trinity, un peu nerveuse.

Layla essayait de la distraire, mais ses efforts étaient vains. Elle n'avait pas réussi à se détendre depuis des semaines. Des photos de Zahid et elle quittant le bureau d'un obstétricien bien connu avaient fait la une des journaux, causant un scandale retentissant.

— As-tu parlé à ton père ? demanda-t-elle à Layla.

— Non, les femmes et les hommes sont séparés jusqu'à la cérémonie.

— Mais tu sais sûrement comment il a pris la nouvelle, insista-t-elle.

Layla rougit aussitôt et baissa les yeux.

— Je t'ai déjà tout dit, affirma-t-elle. Zahid veut que tu t'amuses et te rappelle que vous serez bientôt réunis.

Trinity soupira. Dieu seul savait comment le roi et le peuple allaient réagir en la découvrant dans sa robe de mariée. Malgré les efforts des couturières, sa grossesse commençait à se voir.

— Tu es magnifique, assura Layla.

— Merci.

— Nous devons y aller, reprit-elle. Nous sommes déjà en retard.

— J'ai besoin d'une minute, affirma Trinity en inspectant son reflet dans le miroir.

Zahid et elle étaient faits l'un pour l'autre. L'enfant qu'elle portait avait été conçu dans l'amour. Elle n'avait aucune honte à avoir.

Prenant une profonde inspiration, elle se leva et suivit Layla.

Zahid ne put s'empêcher de sourire en apercevant Trinity. Elle s'avançait d'une démarche assurée et décidée. Comme elle croisait son regard, une légère rougeur apparut sur ses joues. Vraiment, elle était ravissante dans sa robe dorée qui soulignait l'arrondi de son ventre.

— Tu es magnifique, souffla-t-il comme elle le rejoignait.

— Merci.

Après avoir prononcé ses vœux, Zahid lui offrit un bracelet gravé d'un proverbe arabe traduit en anglais :

Le meilleur reste à venir.

La cérémonie terminée, il lui prit la main et ils passèrent devant leurs invités en retournant au palais : Yvette souriant au côté de ses beaux-parents, et la princesse Sameena s'inclinant devant la future reine.

— Nous devons saluer le peuple, l'informa Zahid. Ça

ne sera pas long. Ils risquent d'être un peu hésitants au début, mais…

— Zahid, l'interrompit-elle, je ne me sens pas coupable et je n'ai pas l'intention de m'excuser.

— Tant mieux, soupira-t-il.

De toute évidence, Trinity était au courant de la situation, mais refusait de se laisser impressionner.

Les fenêtres s'ouvrirent et le roi les dépassa pour sortir le premier.

Zahid n'en croyait pas ses yeux. Son père l'avait assuré de son soutien, mais il ne s'attendait pas à ce qu'il affronte ainsi la foule.

— Il est ravi.

— Tu en es sûr ?

— Il m'a dit qu'il ne pouvait pas être plus heureux, répondit-il. Il craignait de ne pas avoir le temps de connaître ses petits-enfants.

Rassurée par la présence du roi, la foule les acclama comme ils rejoignaient le balcon.

Un sourire aux lèvres, Zahid attira Trinity à lui et l'embrassa.

Retrouvez en mai,
dans votre collection

Azur

A la merci de Dario Olivero, de Kate Walker - N°3705

MARIAGE ARRANGÉ

Afin de décourager un prétendant trop insistant, Alyse a mis au point un plan parfait : elle va séduire un inconnu à la soirée de gala à laquelle elle est invitée. Un plan parfait, vraiment ? En théorie seulement. Car, sous les baisers brûlants de Dario Olivero, cet Italien plus époustouflant que tous les princes de conte de fées, elle se sent happée par la passion. Frappée par un véritable coup de foudre ! Et elle, d'habitude si sage, se laisse surprendre dans une position compromettante par son amoureux éconduit… Désormais, la voilà seule, fuyant dans la nuit. Car son prétendant lui a annoncé qu'il n'hésiterait pas, pour laver cet affront, à se venger d'elle et de sa famille…

Les tourments du désir, de Sarah Morgan - N°3706

COUP DE FOUDRE AU BUREAU

Nik Zervakis est conquis. Lily est si sensuelle, si pétillante… Cependant, il a pris la peine de la prévenir : avec lui, elle ne partagera que du plaisir. Des étreintes brûlantes qui ne déboucheront sur aucune relation. Hors de question que la jeune femme s'amourache de lui ! Pourquoi alors sent-il son cœur se serrer lorsque, au lendemain de leur unique nuit d'ivresse, il s'aperçoit que Lily a disparu ? Hanté par le souvenir de sa peau douce sous ses doigts, Nik prend aussitôt sa décision : il retrouvera Lily, et lui demandera de l'accompagner au mariage auquel il est invité sur une île grecque. Après tout, tant qu'il se retient de céder de nouveau au désir, il ne brise pas vraiment leur accord…

Une seule nuit entre ses bras, de Joss Wood - N°3707

Victoria enrage… Comment Matt, son nouveau colocataire, a-t-il osé lui refuser le moment de plaisir auquel ils aspirent tous les deux ? Pour ajouter à son humiliation, voilà qu'elle le retrouve à présent à la soirée professionnelle qu'elle organise. Car, bien sûr, en plus d'être irrésistible, Matt est un attaché de presse réputé, qui lui propose bientôt de collaborer avec lui ! Si Victoria a l'impression d'être hantée par son beau regard vert, elle sait également qu'elle ne peut refuser une offre aussi intéressante. Même s'il devient évident que leur désir est réciproque, et que, malgré leurs différences, ils ne pourront pas s'interdire éternellement de céder à la passion…

Sous l'emprise d'un play-boy, de Melanie Milburne - N°3708

Daisy est encore sous le choc : a-t-elle vraiment annoncé à la presse qu'elle était engagée dans une relation sérieuse avec Luiz Valquez, le célèbre joueur de polo, connu pour être un incorrigible play-boy ? A-t-elle perdu la tête ? Bien sûr, elle n'avait pas d'autre choix pour préserver sa réputation, alors que les journalistes l'avaient surprise au petit matin sortant de la chambre d'hôtel de l'illustre sportif. Hors de question pour elle, institutrice distinguée dans une école privée de Londres, de laisser penser qu'elle s'est abandonnée à une aventure d'un soir… Mais que va-t-elle faire, maintenant ? Pour sauver les apparences, elle est désormais condamnée à passer le reste de son séjour à Las Vegas auprès de Luiz, et n'a qu'une peur : tomber sous le charme du bel Argentin.

Coup de foudre à Paris, de Dani Collins - N°3709

Depuis que Demitri Makricosta, le séduisant directeur des hôtels du même nom, a posé les yeux sur elle, Natalie a l'impression d'être sur un petit nuage. Demitri est un amant prévenant, romantique, et tellement passionné… Bien sûr, elle s'est toujours promis de ne pas entretenir de relation avec un collègue, mais vivre cette idylle à Paris, avec cet homme irrésistible, est un cadeau qu'elle ne peut refuser. D'autant qu'elle sait que leur histoire ne durera pas : Demitri est un séducteur sans attaches et, lorsqu'elle finira par lui annoncer qu'elle est la mère d'une petite fille, Natalie sait pertinemment qu'il s'enfuira à toutes jambes…

Une capricieuse ennemie, d'India Grey - N°3710

Tamsin Calthorpe… Son ennemie. Celle qui l'a fait exclure de l'équipe anglaise de rugby, six ans plus tôt… La jeune femme s'était jetée à son cou, et Alejandro D'Arienzo n'avait appris que trop tard qu'elle était la fille de son entraîneur… Jamais il ne lui pardonnera d'avoir, par caprice, mis sa carrière en danger. Aujourd'hui, de retour sur les terrains, il compte donc se venger de cette héritière trop gâtée. Elle se prétend styliste ? Il la mettra publiquement au défi de venir travailler pour lui, en Argentine. Si elle refuse, cela prouvera à tous qu'elle n'est qu'une fille à papa qui a décroché ses précédents contrats par relation. Et si elle accepte… Alejandro a déjà imaginé bien des façons de faire passer sa colère…

Une indomptable fiancée, de Jennifer Hayward - N°3711

SÉRIE : LES MARIÉS DE L'ÉTÉ - 1ER VOLET

Depuis la mort de son grand-père, Rocco Mondelli n'a plus qu'une idée en tête : honorer la mémoire du vieil homme en reprenant les rênes de la maison de couture familiale. Hélas ! sa réputation de play-boy le dessert et, avant de pouvoir prétendre à ses nouvelles fonctions, il devra faire preuve de son sérieux et de sa fiabilité. Pour cela, il doit trouver une fiancée ! Et justement, la ravissante Olivia Fitzgerald, ex-mannequin et véritable croqueuse de diamants, est dans le besoin… Sauf qu'au lieu d'accepter à bras ouverts son offre alléchante, la jeune femme rétorque à Rocco qu'elle tient farouchement à son indépendance ! Une rébellion qui ne fait que décupler chez lui le désir dévorant qui l'a saisi au premier regard échangé avec Olivia…

Le piège de l'ambition, d'Annie West - N°3712

SÉRIE : L'AMOUR EN SEPT PÉCHÉS - 5E VOLET

Ainsi, Flynn n'a fait que… la manipuler ? Alors qu'elle vient de découvrir que son mari n'est qu'un menteur sans scrupules, Ava peine à réprimer ses tremblements. Ces retrouvailles inattendues à Paris, alors qu'ils s'étaient perdus de vue depuis sept ans, cette demande en mariage si romantique, qu'elle avait acceptée avec émotion… Tout ça n'était qu'une odieuse mascarade ? Certes, en tant que riche aristocrate anglaise, elle représentait un merveilleux parti pour Flynn, issu d'un milieu modeste. Mais comment a-t-il pu se jouer d'elle de la sorte, alors qu'elle était éperdument amoureuse de lui ? Dévastée, Ava sait qu'elle devrait bouillir de colère et se venger de Flynn. Hélas ! elle ne peut que se languir de son absence, et regretter les heures brûlantes passées entre ses bras…

Un redoutable adversaire, d'Abby Green - N°3713

SÉRIE : LE SECRET DES HARRINGTON - 2E VOLET

Elle devra se soumettre à un mariage arrangé ? Keelin a l'impression de vivre au siècle dernier. N'est-elle donc qu'un pion dans les affaires de son père ? Décidée à éviter coûte que coûte cette union qu'elle n'a pas choisie, Keelin sait qu'il lui reste une option : que son fiancé, Gianni Delucca, refuse de l'épouser. Face à cet homme raffiné et secret, elle n'aura qu'à se comporter comme la dernière des écervelées, la plus vulgaire des héritières, et il sera forcé de renoncer à cette mascarade ! Pourtant, lorsqu'elle rencontre Gianni pour la première fois, Keelin est fascinée. Et le regard méprisant qu'il pose sur sa tenue provocante lui transperce le cœur. Sera-t-elle capable de jouer le jeu jusqu'au bout ?

L'héritier rebelle, de Lynn Raye Harris - N°3714

SÉRIE : SCANDALEUX HÉRITIERS - 5E VOLET

En prenant place à une table de poker, dans un casino de Nice, Jack croise le regard d'une employée, une jeune femme ravissante qui fait aussitôt naître en lui un désir brûlant. Et quand il se rend compte que la belle Cara Taylor, accusée à tort par son patron d'avoir voulu le voler, pourrait être en danger, il n'a plus qu'une idée : l'emmener loin d'ici pour la protéger. Puisqu'elle se retrouve désormais sans travail, pourquoi ne pas lui proposer de la rémunérer pour l'accompagner en Angleterre, où il doit assister au mariage de son frère ? Une occasion qui pourrait lui permettre de montrer à Cara à quel point il la désire…

OFFRE DÉCOUVERTE !

Vous souhaitez découvrir nos collections ? Recevez **votre 1er colis gratuit* avec 2 cadeaux surprise !** Une fois votre colis de bienvenue reçu, si vous souhaitez continuer à recevoir nos romans, cela se fera automatiquement. Vous recevrez alors chaque mois vos romans inédits en avant première.

Vous n'avez aucune obligation d'achat et cette offre est sans engagement de durée !

*1 livre offert + 2 cadeaux / 2 livres pour la collection Azur offerts + 2 cadeaux.

☛ COCHEZ la collection choisie et renvoyez cette page au
Service Lectrices Harlequin – BP 20008 – 59718 Lille Cedex 9 – France

Collections	Références	Prix colis France* / Belgique*
❑ **AZUR**	ZZ6F56/ZZ6FB2	6 romans par mois 27,59€ / 29,59€
❑ **BLANCHE**	BZ6F53/BZ6FB2	3 volumes doubles par mois 22,90€ / 24,90€
❑ **LES HISTORIQUES**	HZ6F52/HZ6FB2	2 romans par mois 16,29€ / 18,29€
❑ **ISPAHAN**	YZ6F53/YZ6FB2	3 volumes doubles tous les deux mois 22,96€ / 24,97€
❑ **MAXI****	CZ6F54/CZ6FB2	4 volumes multiples tous les deux mois 32,35€ / 34,35€
❑ **PASSIONS**	RZ6F53/RZ6FB2	3 volumes doubles par mois 24,19€ / 26,19€
❑ **NOCTURNE**	TZ6F52/TZ6FB2	2 romans tous les deux mois 16,29€ / 18,29€
❑ **BLACK ROSE**	IZ6F53/IZ6FB2	3 volumes doubles par mois 24,34€ / 26,34€
❑ **SEXY**	KZ6F52/KZ6FB2	2 romans tous les deux mois 16,65€ / 18,65€
❑ **SAGAS**	NZ6F54/NZ6FB2	4 romans tous les deux mois 30,85€ / 32,85€

*Frais d'envoi inclus, pour ISPAHAN : 1er colis payant à 13,98€ + 1 cadeau surprise.

Par la suite, colis à 22,96€ (24,97€ pour la Belgique).

**L'abonnement Maxi est composé de 4 volumes Hors-Série.

N° d'abonnée Harlequin (si vous en avez un) ⌴⌴⌴⌴⌴⌴⌴⌴⌴

Mme ❐ Mlle ❐ Nom : ____________________

Prénom : ____________________ Adresse : ____________________

____

Code Postal : ⌴⌴⌴⌴⌴ Ville : ____________________

Pays : ____________________ Tél. : ⌴⌴⌴⌴⌴⌴⌴⌴⌴⌴

E-mail : ____________________

Date de naissance : ____________________

❐ Oui, je souhaite recevoir par e-mail les offres promotionnelles des éditions Harlequin.
❐ Oui, je souhaite recevoir par e-mail les offres promotionnelles des partenaires des éditions Harlequin.

Date limite : 31 décembre 2016. Vous recevrez votre colis environ 20 jours après réception de ce bon. Offre soumise à acceptation et réservée aux personnes majeures, résidant en France métropolitaine et Belgique, dans la limite des stocks disponibles. Prix susceptibles de modification en cours d'année.Conformément à la loi Informatique et libertés du 6 janvier 1978, vous disposez d'un droit d'accès et de rectification aux données personnelles vous concernant. Par notre intermédiaire, vous pouvez être amenée à recevoir des propositions d'autres entreprises. Si vous ne le souhaitez pas, il vous suffit de nous écrire en nous indiquant vos nom, prénom et adresse à : Service Lectrices Harlequin BP 20008 59718 LILLE Cedex 9. Service Lectrices disponible du lundi au vendredi de 8h à 17h : 01 45 82 47 47 ou 33 1 45 82 47 47 pour la Belgique.

Composé et édité par HARLEQUIN

Achevé d'imprimer en mars 2016

BLACK PRINT

Barcelone

Dépôt légal : avril 2016

Pour l'éditeur, le principe est d'utiliser des papiers composés de fibres naturelles, renouvelables, recyclables, et fabriquées à partir de bois issus de forêts gérées selon un système d'aménagement durable. En outre, l'éditeur attend de ses fournisseurs de papier qu'ils s'inscrivent dans une démarche de certification environnementale reconnue.

Imprimé en Espagne